I0734366

A B
AUGUST
BOOKS

»Voller Nervenkitzel und Spannung, aber auch klug und menschlich.
Kim Otto ist eine großartige Figur. Ich liebe sie.«

Lee Child, Autor der Jack-Reacher-Krimis

Das Buch

Wenn man es sich mit den Freunden eines Mannes verdirbt, sollte man anfangen, seine Feinde auszuquetschen …

Kein schlechtes Motto, wenn man einen Mann wie Jack Reacher jagt. Die FBI Special Agents Kim Otto und Carlos Gaspar haben das Glück, dass genau so ein Feind plötzlich in Tampa, Florida auftaucht.

Colonel Thomas Weston gehört nicht zu den Guten. Vor sechzehn Jahren ermittelte Reacher gegen Weston, weil dieser seine eigene Familie getötet haben soll. Jetzt ist Weston, gegen den wegen zahlreicher Verbrechen ermittelt wird, wieder im Land und er hegt einen Groll, wie es nur ein wahrer Psychopath vermag. Als Otto und Gaspar in Reachers und Westons gemeinsamer Vergangenheit stöbern, entdecken sie, dass die beiden nicht die Einzigen sind, die an diesem Spiel beteiligt sind. Westons Verbrechen haben in Tampa für viel Unmut gesorgt, auch bei drei sehr vertrauten Gesichtern …

Die Reihe »Jagd auf Jack Reacher« trifft in dieser lang erwarteten Fortsetzung auf die »Jagd nach Gerechtigkeit«, Diane Capris andere Krimireihe (im Original: *Hunt for Justice*). Reicht das plötzliche Auftauchen eines alten Feindes, um Reacher aus seinem Versteck zu locken? Richterin Willa Carson, Journalistin Jessica Kimball und Anwältin Jennifer Lane verbünden sich mit Otto und Gaspar, um das herauszufinden.

Die Autorin

Diane Capri schreibt Krimis aus dem gleichen Grund, aus dem sie sie auch liest: Sie möchte herausfinden, was passiert, warum die Menschen tun, was sie tun, und wie man Gerechtigkeit in einer ungerechten Welt durchsetzen kann. Mit dem Schreiben begann sie nach einer erfolgreichen Karriere als Anwältin. Mit ihrer ersten Krimireihe »Hunt for Justice« hat sie es auf mehrere Bestseller-Listen geschafft. In einem Gespräch mit ihrem Autorenkollegen und Freund Lee Child entstand die Idee für ihre neue Reihe »Jagd auf Jack Reacher«. Mittlerweile erscheinen ihre Bücher in zwanzig Ländern.

Sie zieht jeden Sommer von Florida nach Michigan und liebt ihr Nomadendasein als Zugvogel. Diane freut sich über Zuschriften von ihren Lesern. Besuchen Sie sie auf dianecapri.com, um weitere Informationen zu erhalten, ihr Blog zu lesen oder einfach mit ihr in Kontakt zu treten.

Diane Capri

JACK IN GRÜN

Aus der Reihe

JAGD AUF JACK REACHER

Übersetzt von Antje Kaiser

Mit einem Reacher-Report von Lee Child

Deutsche Erstveröffentlichung
2014 bei AugustBooks, Tampa, Florida, USA
© 2014 der deutschsprachigen Ausgabe: Diane Capri, LLC
Titel der Originalausgabe: »Jack in the Green«, AugustBooks, Tampa
© 2014 Diane Capri, LLC
Umschlaggestaltung: Cory Clubb
Lektorat und Satz: Judith Zimmer, Hamburg

ISBN: 978-1-940768-23-6

augustbooks.com

*Wie immer für Lee Child
in nicht endender Dankbarkeit*

VORWORT

Mitunter fragen mich Leser, woher ich meine Ideen habe. Dann antworte ich meistens scherzhaft: »Ich bestelle sie bei Ideen.com.« Doch in Wahrheit weiß ich das gar nicht immer so genau. Die Ideen blitzen irgendwann auf, entfachen mein Interesse und explodieren manchmal in einen Roman oder in eine Romanreihe. Aber im Fall von *Wer ist Jack?* erinnere ich mich genau an den Moment.

Vor ein paar Jahren plauderte ich auf einer Veranstaltung mit Lee Child über seine Kult-Figur.

»Wo versteckt Reacher sich?«, wollte ich wissen.

»Reacher versteckt sich nicht«, sagte Lee – etwas pikiert vielleicht?

Lee ist viel größer als ich. Und er schreibt über Gewalt wie ein Mann mit Erfahrung. Ich habe ihn immer für einen sanftmütigen Riesen gehalten, aber … Die Sache musste etwas vorsichtiger angegangen werden.

»Ja, aber wo lebt Reacher?«

»Wo es ihm gerade gefällt«, sagte der große Mann. Irgendwie kam da ein gewisser herausfordernder Tonfall durch.

Ich trat einen Schritt zurück, außer Reichweite, bevor ich nachhakte. »Er wartet, bis der Ärger ihn findet, und dann pflastert er seinen Weg mit den Schurken. Wunderbar. Aber was macht er zwischen den Büchern?«

Lee zuckte mit den Schultern und sagte nichts.

In meiner Sturheit versuchte ich es weiter.

»Reacher hat im Laufe der Zeit eine Menge Leute umgebracht. Sechzehn Bücher. Viele Leichen. Irgendjemand sinnt doch sicher auf Rache, glaubst du nicht?«

Lee warf mir diesen typischen Reacher-Blick zu. »Welcher halbwegs vernünftige Mensch würde nach Reacher suchen? Du etwa?«

Stimmt. Nur ein todessüchtiger Idiot – oder eine FBI-Agentin, die keine Ahnung von Reachers … sagen wir, Talenten hat, würde sich auf eine so törichte Suche begeben. Und wenn sie eine Ahnung hätte, würde sie es nicht tun, wenn sie die Wahl hätte.

Aber sich intellektuell mit Jack Reacher zu messen, das wäre doch interessant, dachte ich, auch wenn es sehr wohl tödlich enden könnte. Aber wie sagt man doch? Je höher der Baum, desto schwerer sein Fall. Wer immer Reacher zu Fall bringen würde, könnte in einigen Kreisen zu einer Legende werden.

Und wenn nun eine entschlossene, ehrgeizige Frau …

VERZEICHNIS DER HAUPTPERSONEN

Kim L. Otto
Carlos M. Gaspar

Thomas Weston
Samantha Weston
Steven Kent

Jessica Kimball
Jennifer Lane
Willa Carson

Charles Cooper
Jacqueline Roscoe

und
Jack Reacher

KAPITEL 1

FBI Special Agent Carlos Gaspar lehnte sich auf dem Fahrersitz des gemieteten Wagens zurück, um sein schmerzendes rechtes Bein auszustrecken, doch er blieb wachsam. Als er das letzte Mal auf der MacDill Air Force Base war, wurde sein Partner verwundet, und ein Mann war ums Leben gekommen, als er sich einer routinemäßigen Verhaftung widersetzte. Gaspars sechster Sinn schlug Alarm. Er hatte bei diesem Ort ein ungutes Gefühl. Das war nicht abzuschütteln.

Er hatte sich für die mittlere Fahrspur entschieden und fädelte sich in eine Schlange ein, die in stetem Tempo die Wachstationen passierte. Ein Geländewagen war jetzt noch vor ihm, verziert mit einem patriotischen Aufkleber.

Wahrscheinlich ein Veteran.

Früher konnte man darauf vertrauen, dass ein Veteran die Vorschriften befolgte. Veteranen kannten die Spielregeln. Sie wussten, dass sie keine privaten Waffen auf den Stützpunkt mitbringen durften und dass sie keinen Zutritt zu Sperrgebieten hatten. Sie mussten nicht überwacht werden. Aber immer häufiger schienen Veteranen und sogar aktive Soldaten aus der Spur zu geraten.

Manchmal aus gutem Grund.

Reacher war Veteran. Gaspar behielt das immer im Hinterkopf.

Er mochte die kleinere Zufahrt am Bayshore Gate lieber. Näher an ihrem Ziel. Weniger Verkehr. Nur eine Spur. Nur ein Wachposten. Und genau aus dem Grund kam sie nicht infrage: Weil dieser Wachposten weniger Fahrzeuge zu überprüfen hatte, würde er eher Fragen stellen, die Gaspar nicht beantworten wollte. Das würde ihn wahrscheinlich in den Knast bringen und dafür hatte er heute keine Zeit.

Das Haupttor zur MacDill Air Force Base in Tampa war weniger problematisch. Er konnte Glück haben. Drei Fahrspuren führten zum Haupttor. Jede Spur war von zwei Wachhäusern gesäumt, die eher einer vorstädtischen Drive-In-Bank ähneln sollten als einem militärischen Checkpoint.

Nur dass Kassierer weder Kampfanzüge noch Waffen tragen.

Die Wachposten der Basis überprüften an gewöhnlichen Tagen zwanzigtausend Leute, die das Tor passierten. Heute war kein gewöhnlicher Tag. Das bedeutete, die Sicherheitsmaßnahmen wurden entspannter durchgeführt. Vielleicht.

Durch seine Pilotenbrille beobachtete Gaspar, wie der übliche Sicherheitscheck um ihn herum stattfand. Doch das gesamte Szenario fühlte sich falsch an. Die Vorlaufzeit seit der Ankündigung, dass die Zielperson heute anwesend sein würde, war zu lang gewesen. Das war das eine. Dann war es zu öffentlich. Zu viele Leute. Eine unberechenbare Zielperson mit zu vielen Feinden und zu vielen Geheimnissen.

Und der übliche Mangel an brauchbaren Informationen.

Eine schlechte Kombination, und das gefiel ihm nicht, auch ohne dass er Reacher in die Gleichung einbezog.

Aber dem Boss war es egal, was Gaspar gefiel und was nicht.

Das Leuchtsignal vor dem Checkpoint zeigte an, dass die Force Protection Condition Alpha und somit nur eine geringfügig erhöhte Sicherheitsstufe galt. Wahrscheinlich war sie einen Tick verschärft worden, weil wohl eine größere Anzahl von Zivilisten bei der jährlichen Gedenkfeier zu Ehren von verstorbenen Mitgliedern aus Soldatenfamilien erwartet wurde. Er sah das als gutes Omen. Der Kommandeur des Stützpunktes konnte sich nicht so unwohl fühlen wie Gaspar, sonst wären die Sicherheitsmaßnahmen strenger.

Er spielte mit dem Veteranenausweis in der Hand wie ein Kartentrickkünstler aus Las Vegas und klopfte dann hektisch damit auf das Lenkrad, als würde das Wachpersonal dadurch zu schnellerem Arbeiten angeregt. Der Boss hatte gesagt, Gaspars Veteranenkarte würde als Militärausweis genügen, um auf das

Gelände zu kommen, da Hunderte von Leuten zu der Gedenkfeier erwartet wurden. Gaspar nahm an, dass der Boss wie üblich die Räder entsprechend geschmiert hatte.

Er schaute zu seiner derzeitigen Partnerin hinüber und stellte fest, dass sie nicht mehr ausflippte als üblich. »Wie viel zu spät sind wir?«

Er hatte die Pilotenbrille vor Monaten gekauft, um das blendende Sonnenlicht von Miami abzuwehren. Jetzt schützte sie ihn auch vor der durchdringenden Begutachtung jeder seiner Bewegungen.

Doch im Moment brauchte er seinen Schutzschild gar nicht. »Fünfundzwanzig Minuten«, antwortete FBI Special Agent Kim Otto, ohne den Blick von ihrem Smartphone zu heben.

Er hatte Ottos sensibles, differenziertes Wahrneh-mungsvermögen fast als telepathisch empfunden, seit der Boss sie vor einigen Wochen aus unbekannten Gründen zu einem Team gemacht hatte. Sie arbeiteten gut zusammen. Er mochte sie. Sie schien ihn auch einigermaßen zu mögen. Die Partnerschaft wurde besser.

Aber er blieb wachsam.

Ottos Selbsterhaltungstrieb ließ nie nach. Keinen einzigen Moment. Niemals.

Er hatte eine Familie zu ernähren. Und noch zwanzig Jahre im Job vor sich. Dies war der erste Einsatz im Außendienst, der ihm seit seiner Verletzung angeboten worden war. Zweiter Mann im Team hinter einer zehn Jahre jüngeren Frau zu sein, verschärfte die Beleidigung. Dennoch war er dankbar, die Arbeit zu haben – hauptsächlich weil es die einzige Option war, die er hatte.

Aber der Reacher-Job war gefährlicher, als man ihnen gesagt hatte. Viel gefährlicher. Aus diesem Grund war Otto nervöser als eine Mücke auf Steroiden. Sie würde ihn umgehend ersetzen lassen, wenn sie seine Verlässlichkeit auch nur im Entferntesten anzweifeln müsste.

Und es wäre klug von ihr, ihn auszusortieren. Er würde das Gleiche machen, wären die Rollen andersherum verteilt. Vielleicht sogar bei der jetzigen Rollenverteilung.

Also musste er vorsichtig sein. Das war sicherer.

Das bedeutete, dass er so viel Abstand halten musste, wie es in dem Wagen nur möglich war, damit sie die Gefahr nicht spürte.

Warum war es hier drinnen so heiß? Er schaltete die Lüftung der Klimaanlage höher.

Die Sicherheitsbedienstete trat drei Schritte von dem Geländewagen vor ihnen zurück und das Fahrzeug fuhr weiter. Gaspar nahm den Fuß von der Bremse und ließ den Wagen vorwärtsrollen, bis sein Fenster auf der Höhe der Soldatin war.

Gaspars Fenster blieb verschlossen: Der Boss hatte die ausdrückliche Anweisung gegeben.

Er hielt seinen Veteranenausweis zwischen dem linken Zeigefinger und dem Mittelfinger in die Höhe, fast wie ein militärischer Gruß. Auf der Karte befand sich ein Barcode. Wenn die Wache die Vorschriften einhielt, würde sie die Karte scannen. Er wartete. Sie scannte und winkte ihn ohne Theater durch. Der Scan war Routine. Die Daten würden in dem Berg von Daten verschwinden, der sich täglich ansammelte. So lange Gaspar nichts tat, was die Aufmerksamkeit auf ihn lenkte, würden keine falschen Leute von seiner Anwesenheit erfahren. Hoffte er.

Er ließ den Wagen weiter durch den Checkpoint rollen und stieß die Luft aus, von der er nicht wusste, dass er sie angehalten hatte. Wenn sie aufgefordert worden wären, die FBI-Marken zu zeigen oder Fragen zu beantworten, oder wenn die Wachposten das Auto durchsucht hätten, wäre es wesentlich komplizierter geworden. Sein Leben war schon kompliziert genug.

Sie waren zwar auf das Versprechen des Bosses, dass für sie nur lasche Sicherheitsmaßnahmen galten, angewiesen, doch er spürte, wie Ottos Missbilligung sich schallwellenartig ausbreitete. Wie viele andere Veteranenkarten waren heute schon durchgewinkt worden? War Reachers eine von ihnen? Und wer überprüfte die Zivilisten, die bei dieser besonderen Veranstaltung nur ihren Führerschein vorzeigen mussten?

Aber sie hatten die erste Hürde überwunden. Sie waren auf der Basis. Unerkannt. So weit, so gut.

KAPITEL 2

Der Boss hatte gesagt, innerhalb des Stützpunktes könnten sie sich uneingeschränkt bewegen. Abgesehen von gewissen Bereichen, vor denen bewaffnete Posten aufgestellt waren. Es wäre relativ leicht, diese zu meiden.

»Fällt dir irgendwas Besorgniserregendes auf, das anders ist als damals, als du zum letzten Mal hier warst?«, fragte Otto.

Er schaute zu ihr hinüber. Sie hatte den Kopf zur Seite gewandt, um aus dem Fenster zu schauen, wahrscheinlich auf der Ausschau nach möglichen Bedrohungen. Sie sah aus wie eine kleine asiatische Puppe, besonders von hinten. Ihre täuschend zerbrechlich wirkende Schulter reichte nicht einmal an die Fensterkante der Limousine. Wenn sie nicht die Krokodilklammer unterhalb der Aufrollvorrichtung ihres Sicherheitsgurtes angebracht hätte, würde ihr bei einem Unfall der Hals aufgeschlitzt werden.

»Und?«, fragte sie jetzt etwas nachdrücklicher, während sie nun zur Frontscheibe hinausschaute. Als er immer noch nicht antwortete, drehte sie sich zu ihm.

Er zuckte mit den Schultern, fuhr sich mit gespreizten Fingern durch die Haare und sah sich betont sorgfältig um.

Die MacDill Air Force Base war sowohl ein Country Club für die Soldatenfamilien als auch ein Militärgebiet. Eine seltsame Kombination aus All-inclusive-Ferienresort und bewaffnetem Todesstern. Der Stützpunkt verfügte über einen Strand, einen Golfplatz und einen komplett ausgestatteten Veteranen-Campingplatz namens »Famcamp«, auf dem seine letzte Reise in einer Katastrophe geendet hatte. In den Gebäuden sah man überall die standardmäßige Armeeeinrichtung.

Dann waren da noch die schwer bewaffneten Wachsoldaten, die diese Basis zu schützen hatten, die für die nationale Verteidigung von größter Bedeutung war und die modernsten Tötungsmaschinen auf der ganzen Welt kontrollierte.

Vor seiner Verletzung war Gaspar mit seinen Kindern immer zu dem jährlichen MacDill-Air-Fest gekommen. Er war im Rahmen von Sonderaufträgen hier gewesen, während er in der Army war, und dann noch ein- oder zweimal, seit er für das FBI-Büro in Miami tätig war. Er hoffte, dass die Festnahme heute glatter ablief als seine letzte hier.

»Das ist eine einfache Frage, Chico«, sagte Otto und setzte das Auskundschaften fort.

»Ich wünschte, ich hätte eine einfache Antwort.« Er ließ noch einmal gründlich den Blick schweifen – rechts, links, vorne und im Rückspiegel – und suchte nach jeglichen Veränderungen des Geländes.

Der Stützpunkt nahm die kleine Halbinsel, die in die Tampa Bay hinausreichte, bis auf den letzten Zentimeter ein. Das letzte Mal war er hier gewesen, um an einem Abschiedsessen im Offiziersclub teilzunehmen, der danach irgendwann abgerissen worden war. Das war nicht ungewöhnlich. Wenn neue Einrichtungen nötig waren, hieß das für gewöhnlich, dass Altes abgerissen und ersetzt wurde.

Die heutige Veranstaltung war ein perfektes Beispiel. Hunderte von Zivilisten wurden auf einer Freilichtbühne erwartet, die scheinbar schon immer dort gestanden hatte. Der dafür ausgesuchte Platz lag sich nahe der Special Operations Command Memorial Wall, einer Gedenkmauer zu Ehren der Gefallenen. Nicht weit entfernt befanden sich zahlreiche Kommandozentren für den Krieg. Tod und Leben vereint im Paradies – mit befremdlicher Wirkung.

»Wann soll Weston verhaftet werden?«, fragte er.

»Nach dem Gedenkgottesdienst«, sagte sie mit einem Blick auf ihre Seiko-Uhr. »In drei Stunden ungefähr. Jede Menge Zeit, um uns zu holen, weshalb wir gekommen sind, und abzuhauen, bevor die Agenten ihre Verhaftung durchführen.«

»Jede Menge Zeit, in der alles Mögliche passieren kann.« Er zuckte mit den Schultern, als sei er unbesorgt, ging aber davon aus, dass sie es besser wusste.

Eine aktuelle Akte über Jack Reacher anzulegen und die Lücken seit seinem Ausscheiden aus der 110. Einheit für Sonderermittlungen bei der Militärpolizei zu füllen, war anfangs wie ein Routineauftrag erschienen. Bis sie die Akte mit den Hintergrundinformationen gelesen hatten. Die sehr dünn war. Zu dünn. Seitdem hatten sie die Krusten von alten Wunden abgekratzt, die Reacher hinterlassen hatte. Und damit betraten sie jedes Mal Feindgebiet. Sowohl Gaspar als auch Otto hatten frische Narben, die davon zeugten.

Es gab keinen Grund zu der Annahme, Weston würde ein zugänglicherer Interviewpartner werden, als es die anderen gewesen waren. Was sie bisher über den Mann erfahren hatten, gab ihnen allen Grund zu der Annahme, dass er sogar schlimmer sein würde.

Sie waren gewarnt worden, dass sie sich vor Reacher in Acht nehmen sollten, denn er pflegte lautlos aufzutauchen, zu zerstören und zu verschwinden wie eine Raubkatze. Weder Gaspar noch Otto mussten daran erinnert werden, sich in Acht zu nehmen, aber Gaspar wollte es einfach für unwahrscheinlich halten, dass Reacher versuchen würde, sich Weston heute vorzuknöpfen. Ihre Fehde lag sechzehn Jahre zurück und mit Sicherheit hatte sogar Reacher nach all dieser Zeit Weston aus den Augen verloren.

»Weston ist Reacher die ganze Zeit aus dem Weg gegangen«, sagte Otto. »Warum also steckt Weston durch eine Teilnahme gerade bei dieser Gedenkfeier seinen Kopf aus dem Versteck? Er hätte zu jedem anderen Zeitpunkt kommen können. Der Stützpunkt veranstaltet diese Standard-Gedenkfeiern für Mitglieder von Soldatenfamilien jedes Jahr. Aber Weston hat vor einem Monat Kontakt aufgenommen und gesagt, er wolle an diesem bestimmten Gottesdienst teilnehmen. Das ergibt doch keinen Sinn, oder?«

»Für mich nicht«, antwortete Gaspar. »Wir tun also, was wir tun.«

»Das heißt?«

»Das heißt, wir bleiben wachsam. Irgendetwas Wichtiges entgeht uns, Sunshine.«

Ihre Antwort klang barsch. »Was gibt's sonst Neues?«

Gaspar stellte das Auto in sicherem Abstand zu den Zivilisten bei der Gedenkstätte ab, die über eine unverhältnismäßig große Anzahl von Behindertenparkplätzen verfügte. Sie stiegen aus dem Wagen und traten in den warmen Novembersonnenschein.

Gaspar streckte sich wie ein wechselwarmes Reptil in der Mittagswärme. Nach den letzten Wochen im eisigen Norden hatte er vergessen, wie gut sich die Florida-Sonne wenige Tage vor Thanksgiving anfühlen konnte.

Otto beobachtete ihn über die Kühlerhaube des Wagens hinweg, sagte aber nichts.

Er ging ums Auto herum und sie liefen auf die Gedenkstätte zu, wobei sie sich einige Meter von den anderen frühen Gästen entfernt hielten. Manche waren in Rollstühlen. Manche bewegten sich ruckartig auf noch neuen Prothesen. Das erklärte die Vielzahl von Behindertenparkplätzen. Die Gedenkfeier war eine jährliche Veranstaltung zu Ehren von gefallenen Soldaten. Viele Gäste waren selbst verwundete Veteranen.

Gaspars Humpeln war zunächst ausgeprägt, wurde aber durch die Bewegung schwächer, wie immer.

»Ich weiß, dass du es in Gedanken noch mal durchgehst«, sagte Gaspar grinsend, um sie von seinem Humpeln abzulenken. »Sprich es bei der Gelegenheit ruhig noch mal laut aus. Ein erneutes Briefing kann nicht schaden.«

Sie warf ihm einen bösen Blick zu, als ob er sie zu Unrecht beschuldigt hätte. Hatte er nicht. Sie hörte nie auf zu denken, zu analysieren, Informationen in ihrem Hirn zu zermahlen, auch wenn es die gleichen Informationen waren, wieder und immer wieder. Er beschwerte sich nicht. Ihre seltsamen Angewohnheiten hatten ihm schon mehr als einmal den Arsch gerettet.

»Die Zielperson ist Army Lieutenant Colonel im Ruhestand Thomas Weston.« Sie ratterte die wenigen wichtigen Fakten herunter, die sie mit dem Material vom Boss erhalten hatten:

»Vor gut sechzehn Jahren war Weston hier im Zuge eines Geheimauftrages eingesetzt. Keine Details in der Akte. Westons Frau und seine drei Kinder wurden ermordet. Irgendwie wurde Reacher als Militärpolizist zum leitenden Ermittler in dem Fall. Er hielt Weston für den Mörder.«

»Warum?«

»Was weiß ich?«, sagte sie, als wäre sie von Reachers unergründlichem Verhalten genervt. Was wahrscheinlich auch der Fall war.

»Aber Reacher konnte nicht beweisen, dass es Weston war«, fuhr Gaspar für sie fort, »und wie sich zeigte, wurde der eigentliche Schütze von der örtlichen Polizei schnell verhaftet.« Er kramte nach den Schmerztabletten in seiner Tasche. Er würde noch eine einnehmen, wenn sie gerade nicht hinschaute. Seine Ärzte verschrieben ihm betäubende Schmerzmittel, aber er konnte es nicht riskieren, so etwas zu schlucken. Paracetamol war das Stärkste, was er sich bei der Arbeit zugestand.

»Nach der Verhaftung des Mörders«, sagte sie, »waren die offiziellen Ermittlungen gegen Weston beendet.«

»Inoffiziell ließ Reacher nicht locker«, fuhr Gaspar fort. Reacher ließ nie locker, wenn er sich festgebissen hatte. Otto war genauso. Bezüglich ihrer Hartnäckigkeit standen sich Reacher und Otto in nichts nach.

»Weston hat im Ausland gelebt«, sagte Otto. »Überwiegend im Nahen Osten, seit er die Army dank Reacher mit einem negativen Beigeschmack verlassen hat.« Sie hörte unvermittelt auf zu reden, als wollte sie den Rest nicht aussprechen.

Gaspars rechtes Bein fühlte sich wieder besser an. Der Krampf ließ nach. Das Humpeln war fast unter Kontrolle. Schmerz war stets da, klar, aber den Schmerz hatte er im Griff. Den hatte er schon eine ziemlich lange Zeit im Griff.

»Und jetzt«, sagte Otto, »werden Weston schwere Verbrechen gegen die US-Regierung vorgeworfen. Hauptsächlich geht es um verschiedene Formen der Korruption, die mit der privaten Sicherheitsfirma zusammenhängen, die er leitet. Ein paar Anschuldigungen wegen unbefugter Anwendung von Gewalt und Anwendung unverhältnismäßiger Gewalt. Der Verdacht des Totschlages von Zivilpersonen steht im Mittelpunkt. Viele widersprüchliche Spuren und Aussagen. Bisher ist nichts bewiesen, aber es gibt jede Menge, um eine Festnahme und Befragung zu rechtfertigen.« Sie zögerte einen halben Atemzug lang. »Dies ist das erste Mal in den vergangenen sechzehn Jahren, dass Weston amerikanischen Boden betritt.«

Die gleichen Fakten hatte er sich im Flugzeug eingeprägt. Er hatte nichts übersehen. Dennoch, es gefiel ihm nicht.

Gaspar überlegte noch ein paar Schritte lang, bevor er fragte: »Warum kommt er überhaupt zurück? Er hat hier nichts mehr. Warum bleibt er nicht einfach außer Landes und lässt Uncle Sam verdeckte Ermittler hinter sich herjagen, wenn wir ihn so unbedingt haben wollen?«

Sie zuckte mit den Schultern, als wäre die Antwort unbedeutend, auch wenn Gaspar wusste, dass sie es nicht war.

»Wenn sie ihn erst einmal geschnappt haben, wird er weggesperrt und ist für uns unerreichbar. Wir müssen heute mit ihm reden.« Sie atmete noch einmal durch und schaute erneut auf die Seiko an ihrem schmalen Handgelenk. »Wir haben weniger als eine Stunde bis zum Gottesdienst.«

Gaspar spürte, dass sich seine Augenbrauen zusammenzogen. Ihre Mission ergab immer noch keinen Sinn. »Warum sollte Weston uns etwas Nützliches erzählen?«

»Der Boss sagt, Weston gibt Reacher die Schuld an seinen Schwierigkeiten und will Vergeltung. Wir sollen Weston die Gelegenheit dazu geben und ihn nachdrücklich ermuntern, sie auch zu ergreifen.« Unbewusst – vielleicht – tastete sie nach ihrer Waffe unter dem Blazer.

»Wir haben es uns mit Reachers Freunden verdorben, also quetschen wir stattdessen seine Feinde aus?« Ein raues, trockenes Glucksen entwich Gaspars Lippen. »Klingt fast so, als stecke man seinen Kopf in das Maul eines hungrigen Raubtieres, oder?«

Otto schwieg.

KAPITEL 3

Man hatte ihnen eine Stunde zugestanden, um sich zu holen, was sie bekommen konnten, und dann wieder abzuhauen, ohne den anderen Agenten bei der Festnahme in die Quere zu kommen oder in einen sonstigen Misthaufen unbekannter Herkunft zu latschen. Flugverspätung und starker Verkehr hatten bereits mehr als die Hälfte ihrer Zeit gefressen.

»Deine Waffe ist geladen, oder?«, fragte sie und griff nach ihrer, als sei ihr nicht bewusst, dass sie sie eben schon berührt hatte.

»Ach, komm schon, Sunshine.« Er fuhr sich wieder durch die Haare und steckte die Hände dann in die Taschen. »Wir sind das bereits durchgegangen. Wir können keine Schüsse aus Waffen abgeben, die wir illegal mitführen. Hast du eine Ahnung, was passieren könnte, wenn wir das machen?«

»Mir sind die Vorschriften vertraut«, schnauzte sie ihn an.

»Und du bist auch mit Gefängnisstrafen vertraut.«

Seine Argumente schienen sie nicht zu beeindrucken. »Weston hat sich hier und auf der ganzen Welt Feinde geschaffen. Einige von denen hegen große Rachegelüste.«

Gaspar wusste, dass sie sich wegen eines ganz bestimmten Feindes Sorgen machte. So wie er auch.

»Unwahrscheinlich, dass Reacher weiß, dass Weston hier ist«, sagte er. »Wie sollte er davon erfahren haben? Der Mann lebt so unsichtbar, dass selbst der Boss ihn nicht finden kann. Kaum vorstellbar, dass jemand anderes es kann.«

Reacher zu finden, war jedoch nicht das Thema. Die Frage war, ob Reacher Weston finden würde. Oder ob er sie beide finden würde – eine Möglichkeit, die immer größer wurde, je länger sie nach ihm suchten. Reacher hatte Freunde. Bislang – so wussten sie bereits – hatte mindestens einer dieser Freunde ihn irgendwie wissen lassen, dass sie hinter ihm her waren.

»Reacher lebt, um auf Westons Beerdigung zu gehen«, sagte Otto. »Er ist ein äußerst guter Heckenschütze. Der einzige, der nicht den Marines angehört, der jemals deren Tausend-Yard-Schießwettkampf gewonnen hat.«

»Es wäre verrückt, Weston hier töten zu wollen, wo er schwer bewacht wird. Ein guter Heckenschütze würde einen Ort am Highway wählen, von einem Fahrzeug aus schießen, eine saubere Flucht vorbereiten«, sagte Gaspar.

Wieder fuhr sie mit der Hand über die Ausbeulung ihres Blazers. »Ich sage, wir brauchen einen Plan B. Ich habe kein Problem mit Waffen. Es sei denn, du hast einen besseren Plan.«

Hatte er nicht.

Sie waren an dem Platz angekommen, wo die Feier stattfinden sollte. Alles war bereit und die Zuhörer strömten langsam herbei. Gaspar schätzte die Anzahl der Sitzplätze auf etwa eintausend. Vorne eine provisorische, erhöhte Bühne, darauf in der Mitte ein Stehpult, auf beiden Seiten davon vier Stühle. Er sah Parkplätze hinter der Bühne, auf denen offizielle Fahrzeuge und Notfallpersonal warteten. Ein dunkler Wagen kam von der anderen Seite des Parkplatzes herangefahren. Es gab also noch eine zweite Zufahrt zu dem Bereich.

Ein weiterer Eingang oder Fluchtweg, den sie abzudecken hatten. Nicht ideal.

Er schaute sich auf dem Gelände um. Otto hatte recht. Weston hatte sich während seines Jobs hier auf MacDill, und bei der Army im Allgemeinen, mehr Feinde zugelegt als die meisten Menschen in ihrem ganzen Leben. Und doch würde Weston heute auf offenem Gelände auf einer erhöhten Bühne stehen, umgeben von vielen Nischen, in denen sich selbst ein mittelmäßiger Schütze verstecken konnte.

Das erschien Gaspar töricht. Und Weston musste das eigentlich genauso sehen.

Jeder Soldat würde das.

Das war eines der Dinge, die das ganze Szenario von Grund auf falsch wirken ließen.

Gaspar machte die wahrscheinlichsten Verstecke für Heckenschützen im Umkreis von sechzig Metern aus. Jedes militärische Scharfschützengewehr war über das Fünffache der Distanz verlässlich. Es gab einige gute Verstecke und ein paar andere, die ein so exzellenter Heckenschütze wie Reacher benutzen konnte, um zu töten und zu verschwinden, bevor jemand seinen Unterschlupf fand. Sie wussten mittlerweile von Reacher, dass er zwar jederzeit aus großer Distanz töten konnte, dass er aber seine Probleme gern aus der Nähe und persönlich erledigte. Gaspar selbst hatte sich jeden Tag, seit er den Reacher-Auftrag erhalten hatte, wie eine potenzielle Beute gefühlt. Die einzige vernünftige Lösung bestand darin, dies zu ignorieren und weiterzumachen.

Auf der Basis gab es jede Menge Waffen und Munition und auch Personal, das in deren Anwendung ausgebildet war. Theoretisch waren alle Waffen erfasst und keinem Beschäftigten, der nicht dem Sicherheitspersonal angehörte, war es erlaubt, private Waffen auf der Basis bei sich zu führen. Theoretisch.

Wie die meisten Theorien war diese offensichtlich hinfällig. Gaspar wusste, dass sich bereits mindestens zwei Personen mit nicht genehmigten Waffen hier aufhielten. Es erschien ihm mehr als wahrscheinlich, dass es noch weitere gab.

»Weißt du, was mir Sorgen bereitet?«, fragte Otto.

Er lachte. »Dir bereitet alles Sorgen, Sunshine.«

Sie schaute ihn wütend an. »Warum wollte Weston an dieser Feier teilnehmen und sich zu einem leichten Ziel machen?«

»Genau das habe ich mich auch gefragt«, sagte Gaspar. »Vielleicht hegt er eine Todessehnsucht.«

»Oder eine Tötungsabsicht«, sagte sie.

Gaspar widersprach nicht. Beides war möglich.

Wieder sah er sich nach möglichen Verstecken für einen Heckenschützen um und erläuterte sie ihr. In eine Menge zu schießen und nur das beabsichtigte Ziel zu treffen, war keine einfache Sache, aber es war auch nicht unmöglich. Die besten Positionen waren im Westen, mit der Sonne im Rücken. So war es jedem Heckenschützen am liebsten.

»Halt dich einfach nur aus der Schusslinie heraus«, sagte er. »Wenn meine Partnerin auf einem Militärstützpunkt erschossen wird, werde ich für den Rest meiner natürlichen Lebenszeit in Aktenarbeit begraben werden. Ich habe Kinder zu versorgen.«

»Deine Sorge ist rührend«, sagte sie und versetzte ihm einen Schlag auf den Bizeps – heftig genug, um ihn aus dem Gleichgewicht zu bringen. Er stellte sich wieder gerade hin und übertrieb dabei ein wenig, um zu vertuschen, wie leicht sie ihn umstoßen konnte.

»Genug herumgealbert. Die nächsten neunzig Minuten bist du jetzt mal ernst, okay?«, schimpfte sie.

Sie war winzig, aber unerschütterlich. Dafür bewunderte er sie.

Auch wenn er ihr das nie sagen würde.

In der Nähe der Bühne regte sich etwas und zog seine Aufmerksamkeit an. »Da ist Weston. Komm.«

Er marschierte in ordentlichem Tempo zur gegenüberliegenden Seite des Veranstaltungsortes. Otto musste sich zunächst Mühe geben, um mit ihm mitzuhalten, bis sie an ihm vorbeizog und er sich Mühe geben musste. Sie gingen auf die Ecke der Bühne zu, an der Weston stand, flankiert von einer militärischen Begleitperson und zwei Frauen. Der Begleiter musste laut den Informationen des Bosses Corporal Noah Daniel sein.

Sechs Meter hinter Weston standen drei massige Zivilisten in blauen Anzügen und weißen Hemden, mit Krawatten und festen Schuhen. Das konnten nur private Bodyguards sein. Noch mehr Schwachstellen in der »Keine-Waffen-auf-der-Basis-Theorie«, dachte Gaspar.

Er wurde langsamer, damit Otto die Zielperson zuerst erreichte und er mehr Zeit hatte, sich einen schnellen Eindruck von der Gruppe um Weston zu machen.

Die ältere Frau war Samantha Weston. Sie war in lächerliche Modeklamotten gehüllt, die wahrscheinlich aus Paris oder Mailand kamen und definitiv nicht an den amerikanischen Geschmack angepasst waren.

Sie war um die vierzig. Schmächtig. Dünn. Kunstvoll frisierte Haare. Auf ansehnliche Art gut gestaltet.

Gaspar erkannte gelungene Schönheitsoperationen und Haute Couture in jedem noch so dunklen und überfüllten Tanzsaal in Miami. In diesem Fall allerdings brauchte man dafür kein detektivisches Gespür. Mrs Westons Vertrautheit mit beidem wurde durch das brutal ehrliche Sonnenlicht von Miami offenbart.

Die jüngere Frau, die etwas hinter Mrs Weston stand, war schlicht, aber gut gekleidet. Gesund. Kleiner. Um die dreißig, vielleicht etwas mehr oder weniger, dachte Gaspar. Dunkle Haare. Kurze, unlackierte Fingernägel. Alles an ihrer Erscheinung war von professionellem Ernst.

Und dann war da noch etwas anderes.

Sie kam ihm bekannt vor.

Ein gewisser Schwung der Nase, Fältchen um die Augen, wenn sie in die Sonne blinzelte, Grübchen im Kinn.

Wer war sie?

Die Frau eines Bekannten? Ringlose Finger schlossen diese Möglichkeit aus.

Vielleicht ähnelte sie einem Star oder auch einem Opfer aus einem früheren Fall.

Er wartete einen Moment darauf, dass sein Gedächtnis ihm die Information lieferte. Kein Glück. Er konnte sie nicht einordnen.

Durch seine Pilotenbrille scannte er die Zielperson wie eine Ganzkörper-Röntgenmaschine. Westons dunkler Anzug bedeckte ihn von seinem faltigen Hals bis hin zu den glänzenden Schuhen. Blasse Haut, Tränensäcke, schlaffe Wangen und ein ständiges Zucken. Weston war vielleicht fünfundfünfzig. Aber er sah glatt zwanzig Jahre älter aus.

Das Leben im Irak als militärischer Dienstleister, der verdächtigt wurde, ansässige Zivilisten ermordet zu haben, brachte eine ungesunde Last mit sich, klar. Und in Westons Fall war der zusätzliche Druck, den Mord an seiner Frau und seinen Kindern auf amerikanischem Grund und Boden überlebt zu haben, sicher nicht zuträglich. Die Schuld mochte vielleicht an seinen Organen gezehrt haben. Was auch immer der Grund war, es sah aus, als würde er bei lebendigem Leib zerfressen werden.

Otto stellte sich ihnen vor. »Corporal Daniel. Colonel Weston. Mrs Weston.« Sie zögerte kurz, bevor sie der ihnen nicht bekannten jüngeren Frau die Hand entgegenstreckte.

»Jennifer Lane«, sagte die Frau und tauschte zunächst mit Otto, dann mit Gaspar einen festen Händedruck. »Ich bin die Anwältin von Mrs Weston.«

Das machte Samantha Weston sofort zu einem beunruhigenden Faktor. Gaspars Erfahrung nach reisten nur Menschen, die bereits Ärger hatten und noch schlimmeren Ärger erwarteten, mit einem Anwalt.

»Ich bin FBI Special Agent Kim Otto und dies ist mein Partner Special Agent Carlos Gaspar. Wir würden uns gern ein paar Minuten mit Colonel Weston unterhalten, wenn's recht ist.«

Der Ausdruck, der sich auf Westons Gesicht breitmachte, kam dem von Genugtuung sehr nahe. Er lächelte nicht unbedingt. Es war eher ein Feixen. Weston hatte sie also erwartet. Oder jemanden wie sie. Was Gaspars ungutes Gefühl weiter verstärkte. Der Boss hatte gesagt, Westons Festnahme war eine verdeckte Operation. Warum sollte Weston vorhersehen, dass er heute von Polizisten angesprochen wurde? Gaspar fielen ein Dutzend Erklärungen ein, aber keine davon verhieß Gutes.

Corporal Daniel reagierte wie befohlen. »Mrs Weston, Miss Lane, der Kaplan unseres Stützpunktes würde gern mit Ihnen reden, bevor wir beginnen«, sagte er und führte Samantha Weston mit einem festen Griff am Unterarm fort.

Die Anwältin Jennifer Lane folgte ihrer Mandantin wie ein angeleinter Pitbull.

Gaspar stellte sich Weston gegenüber, damit er die möglichen Heckenschützen-Positionen, die er vorhin erkundet hatte, besser im Blick behalten und meiden konnte. Otto stand neben ihm, aber ebenfalls außerhalb erkennbarer Schusslinien. Weston blieb weiterhin ein leichtes Ziel und wusste es sicher auch, aber es schien ihm egal zu sein.

»Sir, wir werden Ihre Zeit nur kurz in Anspruch nehmen«, sagte Otto. »Wir hoffen, Sie können uns ein paar Informationen über den ermittelnden Militärpolizisten im Fall des Mordes an Ihrer Frau geben.«

»Reacher«, sagte Weston, als spräche er den Namen eines Feindes aus, der noch abscheulicher war als Bin Laden. Dann die gespannte Frage: »Ist er mit Ihnen hier?«

Otto hatte ihren Gesichtsausdruck, der beim Gedanken daran zu gleichen Teilen Grauen und Erstaunen widerspiegelte, schnell wieder unter Kontrolle.

Gaspar versteckte sein Grinsen hinter einem Räuspern. Ein Rätsel war gelöst: Weston wollte Reacher heute hierher locken.

Und vielleicht war es ihm gelungen. Gaspar fand die Möglichkeit nicht im Geringsten beruhigend.

»Wir haben ihn in letzter Zeit nicht gesehen«, sagte Gaspar der Wahrheit entsprechend. Er stellte sich etwas lässiger hin und steckte die Hände in die Taschen, was ihn freundlicher wirken ließ. Gaspar kannte viele erfolgreiche Verhörstrategien, aber sie alle funktionierten nur, wenn die Verhörten reden wollten. Das größte Problem bestand darin, sie dazu zu bringen, das zu wollen. Wenn man sie erst einmal so weit hatte, waren Zeugen fast nicht mehr aufzuhalten.

Enttäuscht darüber, dass sie ihm seine Beute nicht mitgebracht hatten, wurde Weston misstrauischer. »Warum brauchen Sie Informationen über Reacher?«

Die Halbwahrheit kam Otto nach Wochen der Übung leichter über die Lippen. »Wir führen eine Routine-Ermittlung durch.«

»Warum?«

»Er wird für einen Sonderauftrag in Betracht gezogen.«

»Kanonenfutter? Himmelfahrtskommando?« Westons bissige Erwiderung kam schnell. »Das sind die einzigen Jobs, für die Reacher geeignet ist.«

»Das heißt?«, fragte Otto unbeeindruckt.

»Meine Frau und meine Kinder wurden hingerichtet«, sagte Weston. »Von Feiglingen. Während ich meinem Land gedient habe.«

»Reacher konnte aber nichts dafür, stimmt's?«, fragte Otto.

Westons Gesicht lief rot an, die Augen waren zusammengekniffen. »Reacher hat mich beschuldigt. Mich festgenommen. Ich war nicht bei der Beerdigung meiner Kinder. Ich war nicht bei der Beerdigung meiner Frau. Stattdessen saß ich in einer Gefängniszelle.« Er öffnete und schloss seine herunterhängenden Fäuste. »Dies ist der erste Gedenkgottesdienst, an dem ich bisher für meine getötete Familie teilnehmen kann. Sie finden, das ist ›nichts‹? Das sehe ich, zum Teufel noch mal, anders.«

»Aber Reachers Ansicht war nachvollziehbar«, sagte Otto sachlich, kühl. »Die meisten Menschen werden von Nahestehenden ermordet. Das weiß jeder, der Fernsehen schaut. Es war nicht völlig unsinnig von Reacher, Sie als Hauptverdächtigen zu betrachten.«

Weston atmete heftig ein und aus. Er lehnte sich zu Otto vor und türmte sich wackelig vor ihr auf. Sie zuckte mit keiner Wimper. Sie blieb das genaue Gegenteil von eingeschüchtert. Gaspar nahm an, dass Weston es nicht gewohnt war, dass eine Frau sich von ihm nicht unterbuttern ließ, schon gar keine, die nur halb so groß war wie er.

Weston senkte seine Stimme auf ein ausgeprägtes Pianissimo und immer noch wich Otto keinen Zentimeter zurück. »Als Reacher herausfand, dass er sich in meinem Fall geirrt hatte? Was tat er da?«

Otto hob die Schultern und hielt die Handflächen nach oben. »Ich gebe auf.«

Ottos Verhalten machte Weston noch wütender. Er beugte sich über sie und sah dabei fast wie ein Aasgeier aus. Sie regte sich nicht und schwieg.

Dann, als würde er irgendeinen inneren Schalter umlegen, lockerte Weston die verkrampften Fäuste und entspannte seine Haltung. Eine regelmäßige Atmung setzte ein. Schweißperlen auf der Stirn und über der Oberlippe glitzerten im Sonnenschein. Ein leichter Wind war aufgekommen und trug Blumendüfte von den tropischen Pflanzen über die Basis. Ein Wind, mit dem jeder gute Heckenschütze leicht zurechtkam.

Als Weston wieder sprach, klang er fast höflich, als hätte Otto ihm keine persönlichere Frage als die nach dem Menü des gestrigen Abends gestellt.

Der Kerl war ein Soziopath, dachte Gaspar. Eindeutig. Totaler Spinner. Alle Anzeichen dafür waren da. Er hatte es schon zu oft gesehen.

»Unglücklicherweise ist Reacher noch am Leben. Wenn ich ihn vor Ihnen zu fassen kriege, ist er es nicht mehr. Bitte richten Sie ihm das von mir aus.« Sein Tonfall zeugte von der kontrollierten Ruhe, die Gaspar als unterdrückte Wut erkannte. Ein Kennzeichen eiskalter Killer, egal ob verrückt oder nicht.

»Warum«, wollte Gaspar wissen, »glaubte Reacher, Sie hätten Ihre Familie umgebracht? Wir haben nicht die ganze Akte gesehen. Gab es Beweise gegen Sie?«

»Fragen Sie ihn, wenn Sie ihn das nächste Mal sehen.« Weston faltete die Hände vor seinem dünnen Bauch, um deutlich zu machen, dass er alle Geduld der Welt besaß und das Spiel den ganzen Tag spielen konnte.

»Im Moment frage ich Sie.«

Während sie geredet hatten, waren stetig weitere Gäste herbeigeströmt, die nun die Plätze im Publikum und auf der Bühne einnahmen. Wieder fiel Gaspar eine ansehnliche Anzahl von behinderten Männern und Frauen auf. Viele von ihnen waren jung. Zu jung.

Viel Zeit hatten sie nicht mehr.

Westons selbstzufriedenes Grinsen wurde noch einen Tick fieser. »Sie arbeiten für Cooper, richtig?«

Den Namen des Bosses aus seinem Munde zu hören, glich einem heftigen Schlag, aber Gaspar erkannte ein klassisches Ablenkungsmanöver und verweigerte den Köder. Was immer auch geschehen war, nachdem Reacher die Army verlassen hatte, er war doch ein guter Polizist gewesen. Nach zwanzig Minuten mit Weston war Gaspar bereit, sich allein auf Reachers Wort zu verlassen und alles zu glauben, was er über Weston berichtet hatte.

»Warum dachte Reacher, Sie hätten Ihre eigene Familie umgebracht?«, fragte Gaspar erneut.

Weston sagte nichts.

Otto ging dazwischen. »Hatten Sie Kontakt zu Reacher, seit Sie die Army verlassen haben, Colonel?«

»Ich habe im Ausland gelebt.«

»Der Planet«, sagte Otto, »ist wesentlich kleiner, als er es früher einmal war. Die Menschen reisen.«

»Schade, dass Reacher nicht im Irak war.« Westons Selbstbeherrschung schien wieder zu kippen. »Ich hätte den Mistkerl zu gern erledigt. Und Cooper genauso, hätte ich die Gelegenheit gehabt.«

»Was für ein Problem haben Sie mit dem Boss?«, fragte Gaspar. Der Typ war verrückt, aber was er auch über den Boss denken mochte, es war besser, es herauszufinden, als überrascht zu werden.

»Wir alle trugen damals Grün. Wir waren Waffenbrüder. Sollten auf einander aufpassen. Die Army-Familie, Mann«, sagte Weston. »Sie haben gedient, oder? Sie haben diese Haltung. Ich rieche das Grün an Ihnen. Sie müssen wissen, was ich meine.«

Gaspar wusste es. Er war versucht, eine sarkastische Bemerkung zu machen. Dass sein Überleben immerhin eine bessere Bilanz darstellte als das, was Westons echter Familie zugestoßen war. Ganz zu schweigen von den Toten und Behinderten, die unter Westons Befehl gedient hatten. Doch stattdessen sagte Gaspar nur: »Ganz genau.«

Weston hielt einen Moment inne, um die Spucke aus seinem Mundwinkel zu wischen, sich zu sammeln. Als er weitersprach, war der Schalter erneut umgelegt worden. Die beherrschte Ruhe war wieder da. »Sie wissen es wirklich nicht, oder?«

»Was wissen wir nicht?«, fragte Otto.

»Sie können nicht so dumm sein.« Weston verzog den Mund. So eine Art von Grinsen, die bei Gaspar das Verlangen aufkommen ließ, ihm die Fresse zu polieren. »Cooper ist die größte Schlange auf Erden. Schon immer gewesen. Kehren Sie ihm den Rücken zu, dann beißt er Ihnen in den Arsch. Reacher war Coopers Mann für die schwierigen Fälle. Die beiden stecken hinter allem, was mir zugestoßen ist.«

Gaspar schüttelte übertrieben den Kopf, als hätte er schon bessere Märchen gehört. »Sie glauben, Reacher hat Ihre Familie umgebracht? Auf Coopers Anordnung hin? Und dann Sie beschuldigt?«

»Ich hatte viele Jahre Zeit, um darüber nachzudenken. Cooper und Reacher führten einen Rachefeldzug gegen mich. Sie müssen es gewesen sein.« Er schwieg kurz und lächelte dabei wie ein wahnsinniger Zirkusclown. »Das ist die einzig mögliche Antwort.«

»Der Auftragskiller sagte, Sie hätten ihn angeheuert«, wandte Otto ein. »Er sagte aus, Sie wollten, dass Ihre Familie getötet wird.«

Wieder trat Westons Erregung an die Oberfläche. Der Mann glich einer Achterbahnfahrt. Sein Gesicht lief rot an. Seine Augen wurden zu Schlitzen. Die Lippen presste er aufeinander, das Kinn schob er vor. »Lügen!«, schrie er – so laut, dass die Leute in der Menge, die in der Nähe standen, es hörten und sich umdrehten.

»Es reichte, um Bundesbehörden zu aktivieren«, antwortete Otto, ohne mit der Wimper zu zucken. »Sie wurden von der Bande bedroht, die Sie versucht hatten, auszunehmen. Man sagte Ihnen, was mit Ihrer Familie passieren würde. Aber Sie haben denen das Geld nicht geliefert. Reacher hatte mit all dem nichts zu tun.«

Sie erwähnte nicht, dass der Boss sich eingemischt hatte, indem er sie heute hierher geschickt und wahrscheinlich damals auch Reacher geschickt hatte. Gaspar war nicht der Einzige, dem das auffiel.

Weston kam näher und beugte sich wieder über Otto. »Meine Kleine, wenn Sie nur halb so schlau wären, wie Sie denken, würden Sie Coopers Märchen schon lange keinen Glauben mehr schenken.« Er hob die geballten Fäuste, streckte die Finger aus und langte in ihre Richtung. Er schien sie an ihrem schlanken Hals packen und schütteln zu wollen, bis sie aufhörte zu atmen.

Gaspar hoffte, er würde es versuchen. Otto würde Weston in der Sekunde zu Boden bringen, in der er sie berührte. Doch dieses ganze Gerede über Reacher hatte auch seine Anspannung wachsen lassen. Auf dem Weg durch den Sicherheitscheck war Gaspar besorgt gewesen. Jetzt waren seine Nerven gespannt wie Drahtseile, kurz vor dem Zerreißen.

Bevor Weston seine Bewegung zu Ende bringen konnte, erschien Samantha Weston an der Seite ihres Mannes wie eine schützende Walküre aus dem Nichts.

Als Weston sich nicht rührte, legte seine Frau ihm entschlossen die Hand auf die Schulter. »Tom, Schatz, es wird Zeit.«

Otto war nach wie vor keinen Millimeter zurückgewichen. Mit ruhiger Stimme sagte sie: »Wir beenden unsere Befragung nach dem Gottesdienst, Colonel.«

Eine weitere Sekunde lang regte Weston sich nicht. Dann schüttelte er die Hand seiner Frau ab, drehte sich um und marschierte zur Bühne, erklomm die Stufen und wartete dann darauf, dass Samantha nachkam.

Gaspar und Otto sahen schweigend zu, wie beide Westons zu den anderen Ehrengästen des heutigen Gottesdienstes gingen.

Die leichte Brise hatte sich zu stürmischen Windböen entwickelt. Unvorhersehbare Böen. Was die Arbeit eines Heckenschützen schwerer machen würde. Aber nicht unmöglich. Einige würden in dem Wind eine würdige Herausforderung sehen. Reacher war wahrscheinlich einer von denen.

Den Blick immer noch nach vorne gerichtet, sagte Gaspar: »Ich hab kein Problem damit, noch etwas zu bleiben. Wir haben noch ein paar Stunden Zeit, bis unser Flug geht. Aber was glaubst du, was er uns später sagen wird, was er jetzt nicht sagen wollte?«

»Weston ist der Erste, den wir getroffen haben, der überhaupt bereit ist, uns irgendetwas über Reacher zu erzählen. Ich gehe nicht, bis ich nicht jedes einzelne Wort aus ihm herausgepresst habe.« Nach einem Moment fragte sie: »Glaubst du, der Boss hat uns hierher geschickt, um herauszufinden, ob Weston ihm und Reacher wirklich etwas anhängen kann?«

»Ich habe vor Jahren aufgehört, die Beweggründe des Bosses erahnen zu wollen.« Gaspar nickte in Richtung Eingang, wo zwei Männer im typischen FBI-Outfit nebeneinander standen. »Wichtiger zu wissen wäre, was du beabsichtigst, diesen Typen zu erzählen, wenn sie fragen, wer wir sind und was zum Teufel wir hier machen.«

»Dir fällt schon was ein«, antwortete sie, während ihre Aufmerksamkeit nun der Szene galt, die sich auf der Bühne abspielte. »Wer ist diese Reporterin, die mit Weston redet?«

KAPITEL 4

Die Reporterin trug einen Presseausweis um den Hals, eine Videokamera auf dem Rücken und einen Rekorder in der Hand, mit dem sie eine Unterhaltung aufnahm, die Gaspar nicht mitverfolgen konnte. Weston und seine Frau sprachen kurz mit ihr, bis die Anwältin einschritt und das Interview beendete. Ein kurzer Wortwechsel zwischen der Reporterin und Lane, der Anwältin, endete damit, dass Lane die Westons zu ihren Plätzen geleitete.

Gaspar überlegte erneut, wo er die Anwältin schon mal gesehen hatte. Er konnte sie nicht einordnen, aber er kannte sie. Da war er sich sicher.

Die Reporterin hob die Kamera vors Auge und machte ein paar Aufnahmen, bevor sie die vier Stufen von der Bühne hinunter und den Gang entlang direkt auf Otto und Gaspar zuging. Als sie nahe genug war, las er ihren Presseausweis.

Jess Kimball, *Taboo Magazine*.

Seltsam, dass *Taboo* über Weston berichtete. *Taboo* war eine Zeitschrift im Stil von *Vanity Fair* und dessen einziger wirklicher Konkurrent. Gaspar hatte beide Zeitschriften in seinem Haus schon gesehen, da seine Frau sie abonniert hatte. Beide schrieben über populäre Kultur, Mode und aktuelles Geschehen. *Taboo* war neuer, etwas trendiger vielleicht, behandelte aber die gleichen Themen. Für beide Hochglanzmagazine gehörten ehemalige Offiziere weder zu den Themen noch zum Zielpublikum. Was Gaspar eher noch neugieriger machte.

Er stellte sich der Reporterin in den Weg, bevor sie vorbeigehen konnte. »Miss Kimball, hätten Sie einen Augenblick?«

Sie sah ihn an. Ihre Augen waren schneidend blau, die Nasenflügel gebläht. »Ja?«

»Warum interessiert sich das *Taboo Magazine* für Colonel Weston?«

»Und Sie sind?« Kimball zog das letzte Wort zu einer feindseligen Aufforderung in die Länge.

»Carlos Gaspar, FBI. Das hier ist meine Partnerin Kim Otto.«

Kimball überlegte kurz, bevor sie antwortete. »Tut mir leid, das zu sagen, aber ich stelle keine Bedrohung für Weston dar.«

»Worin besteht Ihr Interesse?«, fragte Gaspar erneut.

»Meine Aufgabe ist es, sicherzustellen, dass den Opfern Gerechtigkeit widerfährt. Besonders den Kindern.«

»Was soll das heißen?«, fragte Otto.

»Je von Dominick Dunne gehört?«

»Der Reporter von *Vanity Fair*, der über all die berüchtigten Prozesse berichtete, nachdem seine Tochter ermordet worden war«, antwortete Otto.

»Ich habe vor einer Weile über Westons Fall berichtet, in dem der Schütze, der Westons Familie umgebracht hat, vom Staat Florida hingerichtet wurde. Weston lebte zu der Zeit im Irak. Es gab keine Möglichkeit, das Thema mit ihm zu Ende zu bringen, ohne in ein Kriegsgebiet zu reisen.«

»Warum«, wollte Otto wissen, »sprechen Sie von dem ›Schützen‹?«

»Er hat den Abzug gedrückt. Aber er war nicht der Grund dafür, dass diese Kinder und ihre Mutter ermordet wurden. Das haben wir Colonel Weston zu verdanken«, sagte Kimball auf die gleiche Weise, wie sie einer pestinfizierten Ratte für eine robuste Gesundheit gedankt hätte.

»Weston leugnet eine Beteiligung«, sagte Otto, »und es konnte keine Verbindung hergestellt werden.«

Die Gedenkfeier begann. Ein Kaplan sprach ein Bittgebet und diejenigen im Publikum, die körperlich dazu in der Lage waren, standen auf und senkten die Köpfe. Viele schlossen die Augen. Sofort herrschte eine unheimliche Stille.

Kimball flüsterte: »Der Ermittler von der Militärpolizei hatte von Anfang an recht.«

»Reacher?«

Eine Frau neben ihnen hob den Kopf und sah sie wütend an. Otto hielt ihre restlichen Fragen zurück, bis das kurze Bittgebet beendet war und das gesamte Publikum wieder saß. Die übliche Unruhe großer Menschenmengen sorgte für einen leisen Grundlärm, unter dem Kimball antwortete. »Westons Familie wurde wegen Weston ermordet. Er hat ihr Blut an seinen Händen. Egal, wer den Abzug drückte und sie in ihren Betten getötet hat.«

»Sie sind also der Grund dafür, dass die Westons heute eine Anwältin dabeihaben, wie?«, fragte Gaspar.

Kimball schüttelte den Kopf mit einem bitteren Lächeln. »Eher die Scheidung, die Samanthas Anwältin gestern sofort eingereicht hat, sobald sie US-amerikanischen Boden unter den Füßen hatten. Aber wie auch immer, die Westons haben andere Sorgen als mich.«

»Wie kommen Sie darauf?«, fragte Otto.

»Sie wären heute nicht hier, wenn es nicht etwas zu tun gäbe.« Kimball wandte ihren Kopf dem Eingang zu, wo die beiden anderen Agenten warteten. »Da drüben stehen noch mehr von Ihrer Sorte. Und ich nehme nicht an, dass ein FBI-Picknick stattfindet. Weston bekommt seine Abreibung. Endlich. Sie können sicher sein, dass ich Fotos haben will.«

Stille legte sich wieder über die Menge, abgesehen von ein paar Gästen, die leise weinten. Gelegentlich gab ein hirngeschädigter Veteran unangemessene Laute von sich. Es gab nach dem langen Krieg zu viele hirngeschädigte Veteranen. Sie waren für viele Soldatenfamilien zu einem Teil des normalen Zivilistenlebens geworden. Noch eine Bürde für den Patrioten, die er mit Würde zu tragen hat. Alle ignorierten die Unterbrechungen.

Otto, Gaspar und Kimball – immer noch seitlich der Bühne positioniert – waren die Einzigen, die standen. Und zu viel unerwünschte Aufmerksamkeit auf sich zogen.

Kimball gab Gaspar ihre Visitenkarte.

»Rufen Sie mich später an. Ich erzähle Ihnen alles«, flüsterte sie und schlich zu den anderen Reportern, die auf der gegenüberliegenden Seite der Bühne ihren Platz hatten. Ein guter Standort, von dem aus sie mit ihrer Ausrüstung alles im Griff hatte, aber unerreichbar für FBI-Verhöre war, während der Gedenkgottesdienst fortgesetzt wurde.

KAPITEL 5

Das Publikum war größer geworden, seit Gaspar mit Weston und dann mit Kimball beschäftigt gewesen war. Sämtliche Sitzplätze waren nun besetzt und weitere Gäste blockierten die Gänge und die Ausgänge. Seine Sicht auf die offiziellen Fahrzeuge hinter der Bühne war versperrt, aber er konnte zumindest sehen, dass sie noch dort standen. Er konnte nicht sehen, ob Westons Wagen und seine Bodyguards noch da waren, aber wahrscheinlich waren sie es.

Auch auf der Bühne waren nun alle Stühle besetzt. Beide Westons und der Kaplan saßen rechts vom Stehpult. Der Kommandeur des Stützpunktes war nicht anwesend, aber die lokale Einheit des Militärischen Nachrichtendienstes wurde von einem Ein-Sterne-Brigadegeneral vertreten, den Gaspar nicht kannte und der gemeinsam mit zwei Zivilisten links vom Stehpult saß. Vergrößerte Fotos der einzelnen Personen – und in Westons Fall der Familie –, derer heute gedacht wurde, standen auf Staffeleien, die Gaspars Sicht auf den Bereich hinter den sitzenden Ehrengästen versperrten. Niemand auf Gaspars Seite der Bühne konnte nach dort hinten sehen, auch wenn er es versuchen würde.

Was wahrscheinlich niemand tat, da die großen Fotos die Aufmerksamkeit anzogen, wie Flammen Insekten anziehen. Das Porträt, das Gaspar interessierte, zeigte eine fast perfekte amerikanische Familie. Vier Westons, die sich um Dad und den Weihnachtsbaum versammelt hatten, dem Anlass angemessen rot-grün kariert gekleidet. Meredith Weston saß auf der Armlehne, der Arm ihres Mannes lag um ihre Taille. Sie mochte ungefähr fünfunddreißig gewesen sein, war blond, gebräunt und hatte diese typischen perfekten amerikanischen Zähne; sie wirkte, als sei sie einmal ein geliebtes Kind gewesen. Drei Kinder. Alle ähnelten ihrer Mutter. Man sah, dass die Tochter, ein Teenager mit Sommersprossen und Zahnspange, einmal die Schönheit ihrer Mutter erlangen würde. Die Jungs, Zwillinge, mit ihren frisch geschnittenen Haaren und den Anzügen, die zu dem von Dad passten, waren schon kleine Männer. Zum Glück ähnelten die Jungs auch ihrer Mom. Schon damals sah Colonel Weston nicht besonders gut aus.

Die Fotos erinnerten Gaspar an seine eigene Familie. Vier Töchter, und seine Frau war mit seinem ersten Sohn schwanger. Gaspar liebte seine Familie abgöttisch. Ein Leben ohne sie wollte er sich absolut nicht vorstellen.

Westons Familie war tot. Wie konnte ein Vater so etwas tun? Das hatte Gaspar noch nie verstanden, obwohl er wusste, dass jeden Tag irgendwelche Väter ihre Familien töteten.

Ein aufmerksam aussehender Mann kam am Rand der Zuschauermenge auf sie zu. Sein Blick glitt immer wieder über das Publikum, kehrte aber stets zu Gaspar und Otto zurück. Das musste ihre Kontaktperson sein, ein Beamter des Air Force Office für Sonderermittlungen, der den FBI-Agenten bei der Festnahme nach der Gedenkfeier behilflich sein sollte. Otto entdeckte ihn ebenfalls und die drei traten etwas zurück, um ungestört reden zu können und doch einen guten Blick auf die Bühne und das gesamte Gelände zu haben.

»Agenten Otto und Gaspar?«

Sie nickten.

»Haben Sie von Weston bekommen, was Sie wollten? Wir könnten vielleicht noch ein paar Minuten organisieren, bevor die Festnahme erfolgt, falls Sie das brauchen.«

»Eigentlich …«, antwortete Otto und suchte nach seinem Namensschild.

»Nennen Sie mich Danimal. Das macht jeder.«

»Danimal«, sagte sie.

»Genau.«

Otto zuckte mit den Schultern. »Okay, Danimal. Eigentlich hätte ich gern mehr als nur ein paar Minuten mit dem Kerl. Zwei Tage allein mit ihm in einem Zimmer vielleicht. Er weiß viel mehr, als er erzählt.«

»Tut mir leid, dazu wird's nicht kommen«, sagte er. »Ich teile Ihnen jedoch gern mit, was ich weiß. Auch wenn das nicht viel ist. Reacher war ein guter Polizist und er hat in diesem Fall gute Arbeit geleistet. Er hatte eine gute Abschlussrate bei seinen Fällen, aber er konnte Weston nichts nachweisen. Es steht alles in der Akte. Ich habe sie gelesen. Wir können die Akte nicht herausgeben, aber mein Boss hat Ihrem versprochen, dass ich Ihre Fragen beantworten kann.«

»Damals war hier auf dem Stützpunkt nicht viel Army anwesend, stimmt's?«, fragte Otto. »Wie kam es, dass dieser Fall dennoch in Reachers Zuständigkeit fiel?«

»Genau genommen war er wahrscheinlich nicht zuständig. Weston war im Rahmen eines Sonderauftrages ein paar Monate auf dem Stützpunkt. Reacher kam nach den Morden hierher.«

»Dies war also eigentlich nicht Reachers Dienstort?«, fragte Gaspar.

»Militärpolizisten wie Reacher sind hier nicht erforderlich. Der Sicherheitsdienst der Basis ist für alles zuständig. In bestimmten Fällen arbeiten wir mit dem Police Department von Tampa und dem FBI vor Ort zusammen. Manchmal ergeben sich andere Zuständigkeiten.«

»Weston gehörte der Army an. Welchen Auftrag hatte er?«

»Geheim«, sagte Danimal, als wäre keine weitere Erläuterung notwendig.

»Weston wohnte nicht auf dem Stützpunkt. Warum war der Sicherheitsdienst der Basis in den Fall involviert?«

»Die Sicherheitsteams von MacDill haben ein gutes Verhältnis zur örtlichen Polizei. Wir arbeiten zusammen, wenn unser Personal betroffen ist.«

»Reacher hielt sich nicht an das übliche Verfahren, nehme ich an«, sagte Otto.

Er nickte. »Der Mord an der Familie eines Army-Offiziers ist keine Sache, aus der wir uns heraushalten, nur weil es außerhalb des Stützpunktes passiert.«

»Weston und Reacher hatten eine gemeinsame Vergangenheit«, sagte Gaspar. »War das vielleicht der Grund für Reachers Interesse?«

Danimal zuckte mit den Schultern. »Weston hatte eine Vergangenheit mit jedem, der ihm über den Weg lief. Er ist kein einfacher Typ. Das haben Sie sicher bemerkt.«

»Frau und drei Kinder«, sagte Gaspar, »Kopfschuss mit einer .38er, während sie in ihren eigenen Betten im Privathaus schliefen, an einem Mittwoch gegen Mitternacht. Was sagt die Ballistik?«

»Die Waffe gehörte der Frau. Die ersten Einsatzkräfte am Ort fanden sie auf dem Bett, noch locker von ihrer Hand umschlossen. Die Frauen der Soldaten lernen den Umgang mit der Waffe zur Selbstverteidigung und sie war verdammt gut. Sieht so aus, als hätte sie in diesem Fall keine Gelegenheit gehabt zu schießen.«

»Reacher war zu dem Schluss gekommen, dass niemand gewaltsam eingedrungen war?«

»Das Haus lag in einer guten, sicheren Gegend in South Tampa, aber manchmal passiert es eben doch.«

»Aber nicht in diesem Fall?«, fragte Otto.

»Genau.« Er nickte. »Kein gewaltsames Eindringen, keine Hinweise auf einen Einbruch. Die Haustür war verschlossen, die Alarmanlage aktiviert. Der Familienhund schlief in der Küche.«

»Der Hund hat während der ganzen Sache geschlafen?«, fragte Gaspar.

Danimal nickte. »So hat es jedenfalls ausgesehen.«

Gaspar teilte seine Skepsis. Hunde schlafen nicht während eines Einbruchs. Es sei denn, sie sind betäubt oder taub. Oder sie kennen den Mörder. Und mitunter nicht einmal dann.

»Angenommen, Reacher hatte recht und es gab keinen Eindringling«, sagte Otto. »Die normale Schlussfolgerung wäre erweiterter Suizid. Doch die Polizei vor Ort schloss das aus und Reacher sah es genauso. Warum?«

»Zunächst einmal gab es kein Motiv.«

Gaspar nickte. Frauen brauchen für gewöhnlich einen Grund zum Töten, auch wenn es ein verrückter Grund ist.

»Soweit wir wissen, war sie eine wunderbare Mutter, eine anständige Ehefrau eines schwierigen Typen. Die Kinder waren auch großartig. Gute Schüler. Viele Freunde. Keine Drogen.«

»Die perfekte amerikanische Familie, wie?«, fragte Otto mit einem Blick zu den Fotos auf der Bühne.

Danimal zuckte mit den Schultern. »Keine Probleme bekannt.«

Was nicht genau das Gleiche war wie keine Probleme. Gaspar bekam ein deutlicheres Bild von Reachers Analyse des Verbrechens. »Verdächtige?«

»Nein.«

»Hatte sie irgendwelche Feinde?«

»Es konnten keine ausfindig gemacht werden.«

»Wie angestrengt hat Reacher gesucht?«

Danimal zuckte erneut mit den Schultern. »Wahrscheinlich nicht allzu sehr. Er kannte Weston. Wir alle kannten ihn. Der Typ hatte jede Menge Feinde. Wir brauchten uns nicht abzumühen, um nach ihren zu suchen.«

»Wo war Weston zum Tatzeitpunkt?«, fragte Otto.

»Das Alibi war von Beginn an wackelig«, sagte Danimal. »Er behauptete, mit ein paar Kumpels in einem Striplokal im Ort etwas getrunken zu haben, bis der Laden schloss.«

»Da er ja so ein hingebungsvoller Familienmensch war … Aber das Alibi hielt nicht stand?«

»Diese Clubs haben keine Überwachungskameras, aus naheliegenden Gründen. Niemand erinnerte sich daran, dass Weston da war, nachdem seine Kumpels gegen zwei Uhr morgens gegangen waren.«

»Das bedeutet«, sagte Gaspar, »Reacher konzentrierte sich auf den naheliegendsten Verdächtigen.«

»So ziemlich«, sagte Danimal. »Reacher wollte, dass Weston schuldig ist, klar. Aber wir sahen das auch so. Reacher lag nicht vollkommen falsch.«

»Verstehe«, sagte Gaspar.

»Was geschah dann?«, fragte Otto.

Danimal wirkte zum ersten Mal unsicher. »Das ist etwas … unklar.«

»Lassen Sie mich raten«, sagte Otto sarkastisch. »Nach der Festnahme sah Weston so aus, als sei er vom Bus überfahren worden, stimmt's?«

Danimal zuckte mit den Schultern und sagte nichts.

»Was veranlasste Reacher, die Anschuldigungen gegen Weston fallen zu lassen?«, wollte Gaspar wissen.

Wieder Schweigen.

Otto fragte: »Was geschah also nach der Festnahme von Weston?«

»Der Fall war erledigt, zumindest was uns anging. Die Sache ging die Befehlskette hoch, aus Reachers Reichweite heraus. Er kehrte zu seinem eigentlichen Posten zurück.«

»Wo war das?«

»Texas, glaube ich«, sagte Danimal.

»Aber das war nicht das Ende der Sache, oder?«

»Ziemlich schnell kamen die Kriminalbeamten vor Ort zu dem Schluss, dass Westons Familie von einem billigen Auftragsmörder getötet worden war.«

»Wie billig?«, fragte Gaspar.

»Fünfhundert Dollar, meine ich, für alle vier Morde.«

»Das könnte jeder bezahlt haben«, sagte Otto. »Sogar von einem Army-Gehalt.«

Danimal widersprach nicht. »Sie konnten Weston nicht mit dem Killer in Verbindung bringen, also wurden die Anschuldigungen gegen Weston fallengelassen. Reacher hatte in der Angelegenheit nichts zu sagen. Selbst wenn er noch auf dem Stützpunkt gewesen wäre, hätte das keinen Einfluss auf das Ergebnis gehabt.«

»Reacher war sicher begeistert«, sagte Gaspar.

Danimal lachte. »Ganz genau.«

Otto deutete mit dem Kopf zu Jess Kimball, die noch inmitten der anderen Presseleute auf der anderen Seite der Bühne saß. »Die Reporterin da drüben sagt, Westons Familie wurde umgebracht, um ihm eine Botschaft zu überbringen. Ist da etwas dran?«

»Wahrscheinlich. Aber das machte ihn zum Opfer, nicht zum Verdächtigen. Wir konnten nicht mehr beweisen«, antwortete Danimal.

»Wie intensiv haben Sie es versucht?«, wollte Gaspar wissen.

»Wären Beweise vorhanden gewesen, hätte Reacher sie gefunden. Er war ein guter Polizist und er hat bei dem Fall gute Arbeit geleistet.«

Nachdem sie kurz nachgedacht hatte, sagte Otto: »Nachdem Weston freigelassen worden war, suchte Reacher weiter nach Beweisen, oder? Und er ließ es ihn wissen. Er verfolgte Weston und nahm an, er würde irgendwann einbrechen. Oder etwas anderes tun, für das Reacher ihn drankriegen würde, richtig?«

Danimal sagte nichts.

»Ein paar von Ihren Leuten«, sagte Otto, »haben Reacher bei dem Vorhaben vielleicht etwas geholfen.«

Danimal sagte noch immer nichts.

Weston war ein Drecksack. Durch und durch. Reacher hatte sich bestimmt nicht damit zufriedengegeben. Das hätte Gaspar auch nicht.

»Wie ging es aus?«, fragte Otto.

»Weston wurde regelmäßig festgenommen. Unachtsames Überqueren der Straße. Spucken auf den Gehweg. Alles Mögliche«, antwortete Danimal.

»Hauptsache, Weston wurde schikaniert, für irgendetwas eingesperrt und bekam ein paar blaue Flecken ab, richtig?«, fragte Otto.

Er zuckte mit den Schultern. »Als Westons nächste Beförderung anstand, wurde er übergangen. Sein befehlshabender Offizier legte ihm nahe, er wäre draußen besser dran, außerhalb einer … äh, permanenten Überwachung.«

»Also quittierte Weston den Dienst«, sagte Otto.

»Ja.«

»Und was dann?«

»Dann wurde es schlimmer mit ihm«, antwortete Danimal.

Gaspar nahm an, dass Reacher damit gerechnet hatte. Reacher hatte Weston taxiert und war zu dem Schluss gekommen, dass er ein Dreckskerl war. Typen wie Weston wurden im Alter nicht besser.

Während Danimal ihnen diese Informationen gab, war Gaspar in Gedanken mit Reacher beschäftigt gewesen und hatte Weston nicht genau genug betrachtet. Für Gaspars Auftrag war Weston eine Informationsquelle, mehr nicht. Nachdem er ihnen erzählt hatte, was sie wissen mussten, hätte Weston vor einem Exekutionskommando stehen können, und Gaspar wäre es egal gewesen. Weil er Reachers Ansicht teilte. Weston hat seine Familie getötet, so oder so. Weston war hier nicht das Opfer.

Und dann wurde er es doch.

KAPITEL 6

Die Gedenkfeier ging zu Ende. Der Kaplan kehrte ans Mikrofon zurück und bat alle, sich zu erheben und die Köpfe zu senken. Weston, seine Frau und die anderen auf der Bühne folgten der Anweisung, ebenso wie das Publikum. Das Einzige, was Gaspar hörte, waren gedämpfte Geräusche in der Ferne. Der Kaplan begann seine Segnung.

Eine Millisekunde später zerschmetterte ein Schuss die Stille. Automatisch raste Gaspars Blick zu den möglichen Verstecken für Heckenschützen – blitzte da drüben bei dem Klimagerät ein Gewehr auf? – und wieder zurück zur Bühne. Er zählte zwei weitere schnelle Schüsse. Wie in einem absurden Breakdance taumelte Westons Körper nach vorne, angetrieben von der Wucht der Einschüsse von hinten, nicht von irgendeinem der ausgemachten Verstecke. Hatte Gaspar sich das Aufblitzen des Gewehrs nur eingebildet?

Nach dem dritten Schuss sackte Weston in sich zusammen, wie eine Marionette, deren Fäden man mit einem Mal durchschnitten hatte.

Als Weston zu Boden ging, wurde der Platz frei für den vierten Schuss, der Samantha Weston traf.

Die fünfte Kugel erwischte den Kaplan.

Gaspar und Otto stürmten schon nach dem dritten Schuss mit gezogenen Waffen auf die Bühne, aber die Sicht auf den Bereich dahinter war noch immer versperrt. Sie hatten Danimal, der in der Menge nach dem Schützen Ausschau hielt und in sein Funkgerät schrie, mit ebenfalls gezogener Waffe zurückgelassen.

Wie bei einer kurzen Verschiebung in einer Live-Übertragung fing das Publikum zeitversetzt an zu kreischen und das

Chaos brach aus, während Otto mit Gaspar einen halben Schritt hinter sich die Bühne erreichte. Als Gaspar ihr auf die linke Seite der Bühne folgte, zählte er fünf weitere, schnelle Schüsse, die von dem Parkplatz dahinter abgegeben wurden. Danach kamen keine Schüsse mehr.

Als sie den Parkplatz erreichten, lagen zwei Männer am Boden und zwei standen neben den Leichen.

Das Chaos bekam Struktur, als Danimals Sicherheitsteam die Kontrolle übernahm. Die Bewegungen der Soldaten, eingeübt in zahllosen Trainingseinheiten, wirkten wie eine Choreografie.

Weston wurde kurz in Augenschein genommen und eilig zu einem wartenden Krankenwagen gebracht. Mrs Weston wurde ebenso eilig in einen zweiten Krankenwagen verfrachtet.

Der mangelnden Dringlichkeit nach zu urteilen, mit der die Sanitäter reagierten, waren die Verletzungen des Kaplans entweder tödlich oder geringfügig.

Mehr Sicherheitsleute trafen ein. Der Tod zweier Männer wurde bestätigt.

Innerhalb von Minuten war die gesamte Basis gesperrt. Eine Stimme ertönte über den Lautsprecher und riet allen, »vor Ort Schutz zu suchen.« Was so viel bedeutete wie »hinhocken bis die Lage unter Kontrolle ist«.

Otto und Gaspar wichen vor den Profis im Einsatz zurück.

»Wir sollten gehen«, sagte Otto mit konzentriertem Blick auf den Tatort. »Diese beiden offiziell entsandten FBI-Agenten werden irgendwo auftauchen und vielleicht Verstärkung anfordern. Wir dürfen hier nicht erwischt werden.«

Obwohl Gaspar ihrer Meinung war, bat er sie, kurz zu warten, während er sich zu Danimal durchkämpfte, der gerade Westons Bodyguards befragte. Genau die Bodyguards, die ihren Boss nicht beschützen konnten. Danimal trat zur Seite, um Gaspar einen kurzen Bericht – ausgehend von den ersten Zeugenaussagen – von der Schießerei zu geben.

»Sieht aus wie ein Einzelgänger. Der Typ«, er zeigte auf einen der beiden Toten. »Bisher nicht identifiziert. Er näherte sich der Rückseite der Bühne während der ersten Hälfte des Gottesdienstes, als hätte er die Genehmigung, sich dort aufzuhalten.

Als Weston sich zur Segnung erhob, zog er seine Pistole und schoss Weston in die linke Schulter und dann in beide Beine. Mrs Weston wurde von einem Schuss in den rechten Oberschenkel getroffen. Das andere Opfer ist einer von Westons Bodyguards. Diese beiden Kerle erzählen, der Schütze hätte ihren Kumpel umgebracht, und dann hätten sie ihn umgebracht.«

Gaspar blickte sich noch kurz am Tatort um und nickte dann. »Könnte so gewesen sein«, sagte er. »Wohin haben sie Weston gebracht?«

»Er bat darum, ins Tampa Southern Hospital gebracht zu werden«, sagte Danimal. »Rufen Sie mich später an, dann erzähl ich Ihnen, was ich weiß.«

»Danke«, sagte Gaspar und ging dann zu den beiden Leichen, um sie sich genauer anzusehen.

Der Bodyguard lag mit dem Gesicht nach unten leblos in einer Lache aus seinem eigenen Blut. Schwarze Haare. Stämmiger Typ. Vielleicht ein Meter dreiundachtzig. Ungefähr neunzig Kilo an aufgepumpten Schultern und Bizepsen. Kräftig, aber nicht kräftig genug, um Kugeln, die aus nächster Nähe genau ins Ziel abgeschossen wurden, abzuwehren.

Keinen Meter entfernt lag der dürre Schütze mit dem Gesicht nach oben auf dem Asphalt. Das eine glasige Auge war noch geöffnet, das andere von einer schwarzen Klappe verdeckt. Wie bei einigen anderen Gästen der heutigen Gedenkfeier hatten sich groteske Narben von einer verheilten Wunde in seine Stirn gegraben. Eine Wange war eingesunken, weil die Hälfte des oberen Kieferknochens vor einiger Zeit abhandengekommen war. Sein Army-Kampfanzug war ziemlich verschlissen und zu groß für den geschrumpften Körper darin. Polierte, aber alte und abgelatschte Stiefel, als hätte er Mühe gehabt, seine Füße beim Gehen anzuheben. Die deformierte rechte Hand umklammerte noch immer die FN Five-seveN, mit der er nahe genug hatte herankommen wollen, um seine Zielperson hinzurichten.

Hirnschädigungen zeigen sich auf unvorhersehbare Arten. Es war möglich, dass der Schütze nicht in der Lage gewesen war, seinen Tötungstrieb zu kontrollieren und einfach auf die nächstbesten Ziele losging. Aber der ganze Ablauf wirkte auf eine düstere Art absichtsvoll auf Gaspar: Weston in den Rücken zu schießen. Wissend, dass er bei dem Versuch zu töten, selbst sterben würde. Dreimal auf Weston zu schießen, bevor die zwei ungezielten Schüsse andere in der Nähe verletzten. Unzählige Soldatenfamilien und Mitarbeiter, die zusahen.

Das schien eine sehr, sehr persönliche Angelegenheit zu sein.

Keine Frage, der Schütze war ein Mann, der auf Rache aus gewesen war.

Aber er war nicht Jack Reacher.

Gaspar fragte sich, ob Reacher es bedauern würde, dass seine nicht zu Ende gebrachte Angelegenheit mit Weston von diesem geschädigten, verwirrten Soldaten zu Ende gebracht worden war.

Nachdem er sich so viele Einzelheiten eingeprägt hatte, wie er konnte, kehrte Gaspar zu Otto zurück und sagte: »Lass uns gehen.«

Sie steckten ihre Waffen weg und mischten sich unter das Publikum, das von den Sicherheitsleuten zu den Autos geleitet wurde. Schließlich verließen sie die Basis durch das nahegelegene Bayshore Gate.

Während sie in der langen Autoschlange warteten, erzählte Gaspar ihr von dem Aufblitzen des Gewehrlaufs in dem möglichen Versteck des Heckenschützen, dem Bodyguard und dem Schützen.

»Der Schütze ist definitiv nicht Reacher?«

»Definitiv nicht. Obwohl er derjenige in dem Versteck hätte sein können. Aber das kann man nicht sagen.«

Otto nickte, dachte nach. »Also … Behinderter Veteran? Hat vielleicht unter Weston gedient?«

»Weston war lange genug im Irak. Dort könnten sie sich über den Weg gelaufen sein, auch wenn Weston nicht der kommandierende Offizier dieses Typen war«, sagte Gaspar. »Der Schütze war behindert, das ist sicher. Wahrscheinlich Veteran. Aber wenn ich wetten sollte, dann würde ich sagen, dass er konzentriert und bei klarem Verstand war, als er diesen Plan ausgeheckt und durchgeführt hat.«

»Warum?«

»Aus zwei Gründen. Zum einen die Logistik. Nahe genug an Weston heranzukommen, erforderte Tarnung und Schlauheit, aber auch Logik und Planung. Er musste auf die Basis kommen, die beste Schussposition ausmachen, eine Waffe haben und noch vieles mehr. Nichts davon hätte er schaffen können, wenn er unter einer schwereren geistigen Beeinträchtigung gelitten hätte.«

Otto nickte, überlegte. »Vielleicht. Eines wissen wir: Die Anzahl von Veteranen, die im Irak und in Afghanistan Kopfverletzungen erlitten haben, ist niederschmetternd. In früheren Kriegen hätten sie solche Verwundungen nicht überlebt. Wir können heutzutage so viele mehr am Leben erhalten, aber die anschließenden Behandlungen sind nicht umwerfend und beheben den Schaden mit Sicherheit nicht ganz.«

Gaspar sagte nichts.

»Manchmal erleiden sie Herzinfarkte oder Schlaganfälle. Ihr Verhalten kann unberechenbar, sogar gewalttätig sein«, sagte Otto und ging in Gedanken die Liste der Möglichkeiten durch. »Vielleicht hegte er einen Groll gegen Weston. Vielleicht war er einfach nicht bei Verstand. Was ist dein zweiter Grund?«

»Er hat es bis zum Ende durchgezogen. Er ist bis zu Weston vorgedrungen, bewaffnet, auf einem Militärstützpunkt, auf dem er hätte aufgehalten werden müssen. Er schoss fünfmal, bevor ein privater Bodyguard ihn erledigte, aber vorher hat er den Bodyguard tödlich verwundet. Und er hatte neben der Kopfverletzung noch körperliche Einschränkungen. Das alles spricht für Logik, Planung, Wissen und Konzentration.« Gaspar atmete tief durch. Eine Diskussion über die Fähigkeiten der Verletzten und Behinderten führte unweigerlich zu einem Punkt, an den er nicht wollte. »Meiner Meinung nach hat der Kerl systematisch geplant, Weston umzubringen, und er war gewillt, dabei zu sterben. Aber wenn wir nicht mehr in der Hand haben, können wir es nicht mit Sicherheit sagen. Und – um deutlicher zu werden – es ist auch nicht unsere Angelegenheit. Wir haben unsere eigenen Probleme. Was also machen wir jetzt?«

»Angenommen Weston überlebt, dann werden diese beiden FBI-Agenten die Festnahme heute durchführen, egal wie«, sagte Otto. »Lass uns versuchen, von ihm mehr über Reacher zu erfahren, bevor wir die einzige gute Spur verlieren, die wir haben.«

»Okay, aber was ist mit Reacher?«

»Was soll mit ihm sein?«

»Wenn er derjenige in dem Versteck war, dann weiß er, dass Weston nicht tot war, als er in den Krankenwagen gebracht wurde. Und er weiß, wo er Weston jetzt finden kann.«

»Und er hat mindestens dreißig Minuten Vorsprung vor uns«, sagte Otto.

Gaspar beschleunigte den Wagen und fuhr dicht auf das Auto vor ihnen auf. Vielleicht war heute doch der Tag, an dem sie Reacher gegenüberstehen würden. An dem sie Antworten direkt von der Quelle bekamen, diesen Auftrag erledigen und zu ihrem Leben zurückkehren konnten.

KAPITEL 7

Das Tampa Southern Hospital lag knappe zehn Kilometer von der MacDill Air Force Base entfernt in der Nähe vom anderen Ende des Bayshore Boulevard. Gaspar streckte sich in dem übergroßen Fahrersitz und fuhr durch das Tor auf einen der vielleicht schönsten Straßenabschnitte in Florida.

Direkt außerhalb des Bayshore Gate fuhren sie durch eine Wohngegend, die westlich von der kurvigen, zweispurigen Straße lag. An der ersten Ampel, der Kreuzung am Interbay Boulevard, bog mehr als die Hälfte der Fahrzeuge gen Westen ab.

Gaspar fuhr weiter durch die Wohngebiete, vorbei an den Straßen, die rechts zu den Einfahrten des Tampa Yacht Clubs führten, vorbei an Ballast Point. Nach der nächsten Ampel am Gandy Boulevard, trennten sich die beiden Fahrspuren und umrahmten einen breiten, langen Park, der die gesamte Küste entlang der Hillsborough Bay in Richtung Stadtzentrum führte.

Otto schien die Landschaft ebenfalls zu genießen. Als sie an der Plant Key Bridge vorbeifuhren, sagte sie: »Ich bin noch nie in Tampa gewesen. Was ist das für eine kleine Insel da draußen?«

»Sie heißt Plant Key. Privatbesitz. Sie wurde ursprünglich von einem Eisenbahnmagnaten namens Henry Plant gebaut.«

»Er hat eine Insel gebaut?«

»Naja, das Army Corps of Engineers hat die Bucht ausgebaggert und den Sand aufgeschüttet, aber Plant hat den Rest gemacht. Das maurisch aussehende Gebäude da war sein Zuhause, es wurde Minaret genannt. Entstand vielleicht in den 1890ern. Plant hat auch das Tampa Bay Hotel gebaut, in dem heute die University of Tampa untergebracht ist. Er lag mit Henry Flagler im Wettstreit um die reichen und berühmten Urlauber der Zeit.«

»Erzähl mir nichts über Wettstreit, Chico«, sagte Otto. »Ich komme aus Detroit, wo die Schwachen getötet und gefressen werden. Es hat nie blutrünstigere Rivalen gegeben als die Fords und die Gebrüder Dodge.«

Er lachte. »Da drüben gibt's ein großartiges Restaurant namens George's Place. Wenn wir die Möglichkeit haben, sollten wir heute Abend dort essen. Der Koch ist erstaunlich.«

Otto schaute zu ihm hinüber und lächelte zum ersten Mal an diesem Tag. »Du meinst, wir werden etwas essen, das keine Lebensmittelvergiftung verursacht? Was für ein Süßholzraspler du doch bist.«

Ein Grinsen schlich sich auf seine Lippen und die unerbittliche Spannung ließ ein wenig nach. »Halt dich an mich, Susie Wong. Was du bisher zu sehen bekommen hast, war noch gar nichts. Ich wette, du hast noch nie einen Gold Brick Sundae probiert.«

Wenn sie so lachte, wirkte sie jünger und hübscher, fand Gaspar. Die meiste Zeit war sie so ernst, dass ihm das an ihr noch nie aufgefallen war. Sie war jung. Sie konnte noch immer ein normales Leben mit einer Familie führen. Er fragte sich, ob sie je darüber nachgedacht hatte.

»Die Wohnhäuser hier am Wasser sind auch erstaunlich. Ich hab schon in Hotels gewohnt, die kleiner als das da waren«, sagte sie und zeigte auf ein mehr als siebenhundert Quadratmeter großes Anwesen mit einer Villa im georgianischen Stil. »Erinnert mich an einen ähnlichen Abschnitt am Lake St. Claire. In Grosse Pointe, außerhalb von Detroit. Ich fahre an den Wochenenden im Sommer manchmal da raus. Wunderschön.«

Das klang nach Heimweh. Interessant, dachte Gaspar. Bisher schien es ihr nie etwas ausgemacht zu haben, dass sie nicht auf dem Weg nach Hause zum Thanksgiving-Fest war.

Es gab keine weiteren Inseln in der Hillsborough Bay, bis sie die Brücke zu Florida Key erreichten, wo sich das Tampa Southern Hospital befand. Gaspar fuhr auf die Brücke und überquerte das Wasser, bevor er in die Zufahrt zwischen Krankenhaus und Parkhaus einbog.

»Setz mich am Eingang ab und stell das Auto ab, okay?«, sagte

Otto. »Ich versuche, herauszufinden, wie die Dinge stehen, und treffe dich dann drinnen.«

»Geht klar, Susie Wong«, antwortete er. Sie stieg aus dem Auto und er beobachtete, wie sie sich am Informationsschalter eintrug und zu den Aufzügen ging, bevor er allein ins Parkhaus fuhr.

KAPITEL 8

Vier Leute saßen in dem kleinen Wartezimmer, als Gaspar oben eintraf. Zwei Männer, die er noch nie gesehen hatte. Zwei Frauen, die er wiedererkannte. Die Männer saßen einige Plätze voneinander entfernt und direkt gegenüber von dem Fernseher, der an der Wand hing und ein Football-Spiel zeigte. Wenn sie sein Eintreffen bemerkten oder es sie irgendwie interessierte, dann ließen sie es sich nicht anmerken.

Erleichtert stellte er fest, dass beide Frauen aufsahen, als er hereinkam, denn das bedeutete immerhin, dass er nicht unsichtbar geworden war, seit sie ihn das letzte Mal gesehen hatten.

Jess Kimball, die *Taboo*-Reporterin, saß näher am Eingang, als wollte sie sicherstellen, dass sie die Erste war, die zuschlug, sobald eine würdige Beute auftauchte. Sie hatte etwas an sich, das von kaum gezügelter Wut zeugte. Angesichts ihrer Gefühle für Weston war sie vielleicht verärgert, dass der Schütze versagt hatte. Sie war angestrengt und ehrgeizig und das machte Gaspar neugierig. Sie war eigentlich zu jung, um so getrieben zu sein. Für gewöhnlich entstand solch eine Art von Idealismus durch Tragödien und Betrug, zumindest Gaspars Erfahrung nach. Und das, so nahm er an, war ihr passiert. Aber was genau?

Die andere Frau war Jennifer Lane, die Anwältin von Samantha Weston. Sie saß in der Ecke gegenüber vom Eingang, von wo aus sie einen guten Blick auf den ganzen Raum und die Anwesenden hatte. Gaspar kannte eine Menge Anwälte, aber keinen, der so mit seinen Mandanten verklettet war. Was ging hier vor?

Er zuckte mit den Schultern. Beide Frauen waren zu jung,

um Reacher während der Ermittlungen im Mordfall Weston gekannt zu haben, was sie entfernt interessant, aber für seinen Auftrag irrelevant machte.

Er nahm die restliche Szene mit einem schnellen Blick auf. Eine Wand des Wartezimmers bestand aus großen Fenstern, die zum Wasser hinausgingen. Gegenüber davon war eine kleine Öffnung mit einem Schiebefenster aus Milchglas, hinter dem wahrscheinlich jemand arbeitete. Otto war wahrscheinlich gerade dabei, denjenigen anzuquatschen. Was großartig war, denn es bedeutete, dass er es nicht tun musste.

Gaspar setzte sich auf einen der Plastikstühle, streckte die Beine aus, faltete die Hände über seinem flachen Bauch und schloss die Augen. Die anderen dachten vielleicht, er schliefe. Wenn in den nächsten fünf Minuten nichts Interessantes geschah, würde er das auch.

Drei Minuten später kam Otto herein und setzte sich neben ihn. »Ich habe mit dem Pfleger gesprochen, der für die Westons zuständig ist. Er heißt Steve Kent. Er hat auf MacDill gedient, also hat er die nötige Sicherheitsüberprüfung hinter sich, sagte er. Er war eine Zeit lang auch Sanitäter bei der Navy und hatte Achtung vor Westons Einsatz im Irak. Deshalb bat er darum, ihnen zugeteilt zu werden.«

»Seit wann braucht man eine Sicherheitsüberprüfung, um sich als ziviler Pfleger um einen pensionierten Offizier zu kümmern?«, fragte Gaspar, ohne die Augen zu öffnen.

»Hängt wahrscheinlich von dem Offizier ab«, sagte Otto. »Jedenfalls habe ich ihm gesagt, dass wir einen Flieger zu erwischen haben, und er sagte, er würde uns zu ihm bringen, sobald Weston Fragen beantworten kann.«

»Okay«, antwortete er, immer noch mit geschlossenen Augen. »Hat er sonst noch was gesagt, was ich jetzt wissen müsste?«

Gaspar hörte sie seufzen und stellte sich vor, dass sie die Augen verdrehte, da sie ganz genau wusste, was er vorhatte. Im Gegensatz zu Gaspar war Otto nie Soldatin gewesen. Sie hatte nicht die Fähigkeit erworben, sich auszuruhen, wenn es möglich war. Sie stand auf und überließ ihn sich selbst.

Als er durch die Wimpern hindurchlugte, sah er sie im Zimmer auf und ab wandern und gelegentlich anhalten, um aus dem Fenster hinaus auf den Bayshore Boulevard zu sehen. An einem klaren Tag hätte sie Plant Key und George's Place und wahrscheinlich ganz bis zur MacDill Base am anderen Ende des lang gezogenen Parks sehen können. Heute jedoch nicht. Dunkle Wolken waren aufgezogen und hatten Dunst mitgebracht, der die Aussicht verschleierte. Er schloss endgültig die Augen.

Gaspar ging davon aus, dass Reacher – selbst wenn er in der Nähe war – nicht zu Weston vordringen konnte, solange dieser noch operiert wurde. Er wäre vielleicht kurz eingenickt, aber er hörte, dass Otto ein leises Gespräch mit einer der Frauen anfing. Wahrscheinlich Kimball. Reporter waren von Natur aus redselig. Wahrscheinlich nicht Lane. Anwälte waren notorisch wortkarg. Mit Lane reden zu wollen, wäre Zeitverschwendung gewesen. Was immer Otto von wem auch immer erfuhr, sie würde es ihm irgendwann erzählen. Er ließ seinen Atem ruhiger werden und spürte, wie er wieder dem Schlaf entgegenfiel.

Er war fast eingeschlafen, als die Tür aufging und er seine Augenlider weit genug anhob, um eine Frau in pinkfarbener OP-Kleidung hereinkommen zu sehen. »Sind Sie die FBI-Agenten?«, fragte sie.

»Ganz genau«, sagte Otto und ging auf den Platz neben Gaspar zu, während Kimball und Lane hinter ihr leicht angesäuert dreinblickten, weil sie sich wohl ausgeschlossen fühlten.

»Ich bin Trista Blanke, OP-Patienten-Koordinatorin«, sagte sie. »Mir wurde gesagt, ich solle Sie über den Zustand von Mr und Mrs Weston unterrichten. Beide sollten wohl in Kürze den OP verlassen. Die gravierendste Verletzung von Mr Weston war der Schuss hinten in seine Schulter. Die Kugel ging durch seinen Körper hindurch, was die beste aller Alternativen ist. Aber sie hat eine Arterie verletzt. Er hat viel Blut verloren und die Operation dauerte etwas länger, als es normalerweise der Fall gewesen wäre.«

»Und Mrs Weston?«, fragte Otto.

»Sie wurde am rechten Oberschenkel verwundet. Auch hier war es ein Durchschuss, aber er hat den Oberschenkelknochen zertrümmert. Ihr wird es wieder besser gehen, sobald der Wiederaufbau vollständig durchgeführt wurde«, sagte sie. »Sie werden etwas eine Stunde im Aufwachraum verbringen, nachdem alles andere erledigt ist.«

»Wann können wir mit ihnen sprechen?«, fragte Otto.

»Wenn sie aus dem OP kommen, können Sie es versuchen. Aber so lange die Wirkung der Narkose nicht vollständig nachgelassen hat, werden sie wahrscheinlich wenig Sinnvolles von sich geben.«

»Danke«, sagte Otto.

»Kein Problem«, sagte sie noch, bevor sie sich Jennifer Lane zuwandte, um ihr vermutlich die gleichen Nachrichten zu überbringen. Kimball kam dazu und lauschte.

»Wahrscheinlich verschwenden wir unsere Zeit«, sagte Otto leise.

Gaspar widersprach nicht. Abgesehen von der Möglichkeit, Reacher über den Weg zu laufen, fand er, dass sie ihre Zeit viel besser bei einem Essen verbringen konnten. Er richtete sich wieder in seiner Warteposition ein, schloss die Augen und hoffte auf ein paar ruhige Minuten.

Als Miss Blanke ihre Aufgabe erledigt hatte und Richtung Ausgang ging, hörte Gaspar, dass Otto sich ihr anschloss und fragte: »Wo bekomme ich hier einen Kaffee?«

Vier Minuten und fünfundvierzig Sekunden später war das Football-Spiel beendet und die beiden Männer, die Fernsehen geschaut hatten, verließen den Raum. Gaspar war jetzt allein mit den beiden Frauen. In seiner Zeit als Junggeselle hätte er das als Lohnzulage in dem Job angesehen.

Jessica Kimball sprach zuerst. »Haben Sie vor, beide Westons zu verhaften, wenn sie den Aufwachraum verlassen?«

»Welchen Grund sollte es geben, Samantha Weston zu verhaften?«, wollte Jennifer Lane wissen.

»Er ist vom FBI«, antwortete Kimball. »Die Asiatin auch. Warum sonst sollten sie hier sein?«

»Stimmt das?«, fragte Lane.

Gaspars Augen blieben geschlossen und er sagte nichts. Otto hätte sich gegen die Behauptung gesträubt, sie sei eine Asiatin.

Ja, klar, sie sah aus wie ihre vietnamesische Mutter. Aber sie sah sich zu hundert Prozent als groß, blond, robust, dickköpfig und deutsch an, wie ihr Vater. Gaspar grinste und sagte nichts.

Kimball kam herüber und trat gegen die Sohle seines rechten Schuhs. Nicht heftig. Nur gerade genug, um einer normalen Person Aufmerksamkeit abzuverlangen. Aber bei ihm entsandte der Stoß schmerzhafte Schockwellen das rechte Bein hinauf in seine rechte Körperseite, wo die Muskeln zusammengebrochen waren und die Nerven Dinge berührten, die sie nicht berühren sollten.

»Sie schlafen nicht«, sagte Kimball.

»Ich such nur nach Löchern in Augenlidern«, antwortete er und versuchte, den Schmerz zum Nachlassen zu zwingen. Was nie funktionierte. Biofeedback war Unfug. Mochte ja sein, dass der Schmerz im Gehirn entstand, aber trotz des Trainings seiner Willenskraft, breitete sich in seinem Bein das dumpfe Klopfen aus, das er seit Langem als normal akzeptiert hatte. Er öffnete die Augen, verharrte aber in seiner Position. »Was kann ich für Sie tun, Miss Kimball?«

»Das Gleiche, was das FBI seit einem Jahrzehnt für mich tut«, sagte Kimball verbittert. »Nichts.«

Lane mischte sich angriffslustig ein. »Haben Sie einen Haftbefehl für Samantha Weston? Beabsichtigen Sie, sie festzunehmen, während sie außer Gefecht gesetzt ist und ihre Rechte nicht versteht, Agent Gaspar?«

»Offensichtlich versteht sie, dass sie Anspruch auf einen Anwalt hat, denn Sie sind ja hier«, erwiderte Gaspar, ohne sich zu regen. »Ihre Anwesenheit ergibt für mich nur Sinn, wenn sie uns erwartet hat. Und das heißt, jemand hat ihr einen Hinweis gegeben. Wenn ich herausfinde, wer das war, könnten Sie einen neuen Mandanten haben.«

Lanes Gesichtsausdruck legte nahe, dass er ins Schwarze getroffen hatte. Solche Hinweise waren meistens beabsichtigt. Wenn jemand Samantha Weston vor ihrer anstehenden Verhaftung gewarnt hatte, dann war der Tipp taktisch begründet. Das ließ ihn kurz überlegen – quasi aus beruflicher Neugier –, was die Agenten von hier wirklich von Weston wollten. Wenn sie bereits einen Haftbefehl und hinreichende Verdachtsgründe gegen ihn hatten, warum wollten sie dann seine Frau?

»Vielleicht brauche ich Ihre Mandantin nicht, Miss Lane. Ich interessiere mich nur für die ursprünglichen Ermittlungen in dem Mordfall«, sagte Gaspar. »Was wissen Sie darüber?«

»Samantha lebte damals nicht in Tampa«, erwiderte Jennifer Lane. »Und ich auch nicht.«

»Ich habe das für *Taboo* gründlich recherchiert«, sagte Kimball, »und ich war bei der Hinrichtung des Schützen dabei. Also weiß ich wahrscheinlich mehr als sie.«

Die Tür zum Wartezimmer ging wieder auf und Otto kam mit vier Bechern Kaffee herein. Jeder nahm einen Becher und konzentrierte sich einen Augenblick lang auf die geschmackliche Verbesserung und das Umrühren.

Lane nippte am Kaffee und fragte dann: »Glauben Sie, dass die Schießerei heute irgendwie mit diesem alten Fall zusammenhängt?«

»Was glauben Sie?«, entgegnete Gaspar.

»Ich bezweifle es«, sagte Otto. »Für jeden normalen Menschen sind sechzehn Jahre zu lang, um seinen Groll aufrechtzuerhalten.«

Wie eine Frau mit eigener Erfahrung sagte Kimball: »Nicht, wenn die eigenen Kinder betroffen sind.«

»Da haben Sie wahrscheinlich recht«, sagte Lane zu ihr. »Was glauben Sie, was hier vor sich geht?«

Jennifer Lane wirkte jung und unerfahren. Wie kam sie zu so einer gewichtigen Mandantin wie Westons Frau? Seltsame Situation, um es vorsichtig zu formulieren, dachte Gaspar erneut.

Jess Kimball war etwa im gleichen Alten wie Lane, aber sie wirkte irgendwie weltgewandter. Als hätte sie schwere Zeiten durchgemacht, die sie älter gemacht und ihr ein Rückgrat aus Titan geschmiedet hatten. Sie sagte: »Wir müssen wissen, in welcher Beziehung der heutige Schütze zu Weston steht. Das war kein Amoklauf, denn der Typ ging direkt auf Weston zu und schoss nur auf ihn. Wenn wir den Namen des Schützen haben, müsste ich Ihnen sagen können, was hier vor sich geht.«

»Was macht Sie da so sicher?«, fragte Otto.

»Ich recherchiere sehr gründlich, Agent Otto. Wenn Weston in die falsche Richtung nieste, habe ich davon erfahren«, sagte Kimball offensichtlich pikiert über eventuelle Zweifel an ihren Fähigkeiten als Reporterin. »Hören Sie, dieser Typ ist ein widerlicher Mensch, der nichts als Kummer verursacht hat, wo immer er auch auftauchte. Dies war nicht das erste Mal, dass jemand versucht hat, Weston von diesem Planeten zu entfernen. Er hatte schon mehr Leben, als jede streunende Katze. Die Liste mit den Leuten durchzugehen, die Schlange stehen, um ihn umzubringen, wird einige Zeit dauern.«

Bevor Otto Gelegenheit hatte, darauf zu antworten, ging die Tür zum Wartezimmer noch einmal auf. Jedes Mal stieg Gaspars Anspannung. Er erwartete Reacher. Aber bisher hatte der sich nicht materialisiert.

Vier Leute kamen herein, gefolgt vor einem kleinen, stämmigen Mann in Krankenhauskleidung. Das winzige Wartezimmer war sofort überfüllt.

Gaspar erkannte die beiden FBI-Agenten, die Weston wegen einer ellenlangen Liste von Verbrechen gegen die Regierung verhaften wollten. Lane und Kimball lagen mit ihrer Einschätzung der Pläne des FBI nicht allzu sehr daneben, auch wenn sie etwas in die Irre geleitet worden waren, was die Identität des offiziellen FBI-Teams für die Festnahme anging.

Ein unangenehmer Moment entstand, in dem alle durch die unerwartete Anwesenheit der anderen geblendet zu sein schienen, bis der stämmige Mann in Krankenhauskleidung sich einen Weg durch die Gruppe hindurch bis zur Innentür bahnte. Einer der Agenten hielt ihn auf, indem er seine Marke hervorholte. »Ich bin Special Agent Edward Crane und dies ist Special Agent Derek Bartos.« Crane, dachte Gaspar. Er kannte diesen Mann – und mochte ihn nicht besonders. »Wir sind hier, um Aussagen von Thomas Weston und seiner Frau Samantha Weston aufzunehmen.« Crane zeigte auf einen der beiden anderen Neuankömmlinge, eine große Rothaarige mit Jeans und Blazer über einem weißen T-Shirt und einem Bubikopf, der für eine zehn Jahre jüngere Frau passender gewesen wäre. »Dies ist Judge Willa Carson und ihre Gerichtsschreiberin Miss Natalie Chernow.«

Gaspars rechte Augenbraue schoss nach oben. So viele Bundesrichter gab es in Florida nicht und den meisten von ihnen war er schon mehrere Male begegnet, denn das FBI und das Bundesgericht arbeiteten regelmäßig zusammen. Judge Carson war jedoch für den Middle District in Florida zuständig und Gaspar blieb für gewöhnlich in seinem eigenen Sandkasten im Southern District, also war er ihr nie über den Weg gelaufen.

Aber er hatte Geschichten über die unbekümmerte Willa Carson gehört, von der man sagte, sie mache sich weniger aus Präzedenzfällen und Vorschriften als aus ihrer eigenen Version von angemessener Rechtsprechung. Einige meinten, Carsons Verhalten sei nicht richterlich. Andere waren der Meinung, sie bringe frischen Wind herein. Keines von beidem war für einen Mann wie Gaspar, der für Recht und Ordnung eintrat, eine gute Nachricht. Allerdings handhabte er die Vorschriften in letzter Zeit auch etwas flexibler. Da konnte er Judge Carson kaum vorwerfen, dass sie das Gleiche tat.

Der stämmige Mann meldete sich zu Wort. »Ich bin Steven Kent und als Assistent des behandelnden Arztes für beide Patienten zuständig. Colonel Weston hat den OP verlassen und ist stabil, allerdings zu erschöpft, um Fragen zu beantworten. Er wird in etwa dreißig Minuten verlegt.« Sein Tonfall war nicht unbedingt respektlos, aber er war auch nicht ehrerbietig. »Mrs Weston müsste bis dahin auch verlegt worden sein. Ich werde Sie dann informieren.«

Kent machte kehrt wie ein Soldat bei der Parade und ging ohne weiteren Kommentar hinaus. Ein kurzes Schweigen legte sich über den Raum.

Otto stand auf und stellte sich und Gaspar den neu Angekommenen vor, bevor sie sagte: »Auf der Station gegenüber gibt es einen Kaffeeautomaten. Möchte jemand etwas?«

Jennifer Lane hielt ihren leeren Becher hoch und sagte: »Ich hätte gern noch einen. Würden Sie mir einen mitbringen? Ich würde ja mitkommen, aber ich muss diese neuen Typen im Auge behalten.«

Schlechter Zug. Sie hatte das FBI beleidigt, woraufhin sich die Nackenhaare der versammelten Agenten, einschließlich

Otto, sträubten. Gaspar blieb gelassen. Anwälte waren seiner Erfahrung nach immer scheinheilig. Da sie selbst Juristin war, konnte Otto dem nicht gut zustimmen. Gaspar verbarg sein Grinsen, als sie mürrisch Lanes Becher einsammelte.

»Ich brauche nichts«, antwortete Kimball.

»Judge Carson? Kaffee?«, bot Otto an.

Carson, die sie um einiges überragte, gesellte zu ihr und warf einen Blick zurück, als sie zusammen zur Tür gingen. »Sie werden sich bestimmt alle benehmen können, bis ich zurück bin. Wenn nicht«, sie sah Gaspar in die Augen, »schießen Sie sie einfach alle über den Haufen.«

Gaspar lachte laut auf. Jawoll. Judge Willa Carson war es anscheinend wert, bei dem richtigen Fall mal von Miami herzukommen. Er würde sich das merken. Falls er je zu seinem normalen Job zurückkehrte.

KAPITEL 9

Nachdem sich die Tür hinter Otto und der Richterin geschlossen hatte, sagte Crane: »Agent Gaspar, könnte ich Sie bitte draußen einmal sprechen?«

Gaspar stand auf, dehnte sich, ignorierte den Schmerz und zwang sich, nicht zu humpeln, als er Crane auf den Flur hinaus folgte. Als sie das Fenster am Ende des Ganges, wo sie kaum belauscht werden konnten, erreicht hatten, fragte Crane: »Was tun Sie hier, Gaspar?«

»Den Sonnenschein genießen.«

»Immer noch derselbe Klugscheißer.«

»Ich glaube, das erwähnten Sie schon, als sich unsere Wege das letzte Mal gekreuzt haben, Crane.«

»Als ich Sie bei der Gedenkfeier sah, habe ich telefoniert. Miami weiß nicht, warum Sie hier sind. Sind Sie auf Abwege geraten, Gaspar?«

»Möglich«, antwortete er.

»Wenn Sie etwas mit Weston zu tun haben, dann mach ich Sie fertig. Verstanden?«

Gaspar ignorierte die Drohung, was Crane nicht anders erwartet haben konnte. »Gerüchten zufolge haben Sie einen Haftbefehl in der Tasche. Sie haben die Richterin persönlich mitgebracht, um für alle Eventualitäten gerüstet zu sein. Doch die schlechte Nachricht ist: Wenn Sie Weston festnehmen, werden Sie keine Gerichtsschreiberin brauchen. Er wird nicht mit Ihnen reden, bis er einen Anwalt hat, und wahrscheinlich auch dann nicht.«

»Er hat eine Anwältin und er wird reden.«

»Lane sagt, sie sei die Anwältin der Frau. Nicht seine«, sagte Gaspar.

»Zu mir hat sie das nicht gesagt.« Wenn er sein Kinn noch weiter vorschob, würde ihn das Gewicht seines Kopfes nach vorn fallen lassen.

»Glauben Sie wirklich, Weston wird irgendetwas gestehen? Haben Sie jemals mit dem Typen geredet? Er würde Ihnen nicht mal erzählen, wie er seinen Kaffee trinkt, wenn er nicht einen verdammt guten Grund dafür hätte.«

»Dann muss er einen guten Grund haben.«

Gaspar hatte nicht in Betracht gezogen, dass Weston gestehen könnte. Er dachte darüber nach, schob den Gedanken hin und her, als knetete er Brotteig. Es passte nicht.

»Was für einen Grund?«

»Keine Ahnung. Ist mir egal.« Crane hörte sich wie jemand an, der die Abwehrlinie auf dem Football-Feld mit Grummeln durchbrechen wollte. »Er hat Betrug in etwa hundert Fällen begangen. Mord. Schweren Diebstahl. Was Sie wollen. Der Kerl ist mieser Abschaum. Ich kriege das vor einem Bundesrichter zu Protokoll, bevor er den Löffel abgibt. Alles andere ist mir egal.«

»Sie glauben, Weston stirbt? Sie planen eine Erklärung auf dem Sterbebett?« Gaspar lachte gute zwei Sekunden lang, bevor er sich beherrschte. »Er hat quasi einen Streifschuss abbekommen. Zwei ruinierte Beine und eine kaputte Schulter. Mehr nicht. Er stirbt nicht. Sie vergeuden Ihre Zeit.«

»Wachen Sie auf. Er hat Krebs. Ende des Monats ist er tot. Um seine Frau macht er sich jetzt Sorgen. Er glaubt, wir hängen ihr jetzt seine Verbrechen an.«

»Warum sollte er das glauben?«

Crane zuckte mit den Schultern und gab keine Antwort. Das reichte Gaspar als Antwort. Crane musste damit gedroht haben, Anklage gegen Westons Frau erheben zu lassen. Und Weston musste die Drohung ernst genommen haben. Nichts anderes würde Crane so viel Zuversicht geben.

Steven Kent kam um die Ecke und sah sie am Ende des Ganges stehen. »Sie können jetzt hineingehen«, sagte er und steckte dann den Kopf ins Wartezimmer, um dort das Gleiche zu verkünden.

»Was ist mit Westons Frau?«, hakte Gaspar nach.

»Das ist seine Motivation. Er will ihren Arsch retten«, sagte Crane.

Gaspar fragte sich, ob sich die Frau ebenso um Weston sorgte, zumal sie die Scheidung eingereicht hatte. Er zuckte mit den Schultern. »Wird das funktionieren?«

»Hängt davon ab, was er sagt, oder?« Crane entfernte sich mit großen Schritten von Gaspar wie ein Mann, der den Ball in die gegnerische Endzone geschmettert hatte.

KAPITEL 10

Sie drängten sich um Westons Krankenbett, das sich in einem großen, offenen Aufwachraum befand, aus dem alle Patienten außer Weston und seiner Frau verbannt worden waren. Sie war offensichtlich noch bewusstlos, aber Weston näherte sich dem Wachzustand zumindest wieder an – leise stöhnend und mit flatternden Augenlidern. Ein Laken bedeckte ihn von der Hüfte an abwärts und verhüllte den an beiden Beinen vorgenommenen Wiederaufbau. Seine Schulter war bandagiert, aber nicht gegipst. Gaspar nahm an, dass die Reparaturen im Inneren durchgeführt worden waren.

Wenn er nicht deutlich munterer werden würde, könnten sie kaum eine ausführliche Aussage von ihm erwarten. Und selbst wenn er etwas Interessantes sagen würde, so hätte es später angesichts der Menge an Medikamenten in seinem Organismus kaum Gewicht. Unbeirrt hatte Natalie Chernow, die Gerichtsschreiberin, ihr Gerät in der Nähe des Kopfendes vom Bett aufgestellt, um sicher zu sein, dass sie alles korrekt hörte und aufnahm, was er vielleicht von sich geben könnte. Dazu schaltete sie noch ein Tonbandgerät ein. Doppelte Sicherung, nahm Gaspar an.

Judge Carson stand am Fußende des Bettes, um besser zu sehen und zu hören, was passierte. Falls etwas passierte.

Lane sagte, sie würde für die Aussage als Westons Rechtsbeistand fungieren, sodass sie keinen weiteren Anwalt hinzuholen mussten. Das war nicht so ganz koscher, aber nichts an dieser Situation war normal und es war nicht Gaspars Fall, also erhob er keinen Einspruch. Auch wenn er gern dieses Hab-ich-doch-gesagt-Grinsen aus Cranes Gesicht gepeitscht hätte.

Lane stand neben der Gerichtsschreiberin, Crane und sein Kumpan Bartos standen gegenüber von Gaspar und Otto auf der anderen Seite des Bettes und Kimball zwängte sich neben sie.

»Augenblick«, sagte Lane zu ihr. »Was zum Teufel machen Sie hier drinnen?«

»Erster Verfassungszusatz und Floridas Gesetz zur Wahrung des Rechts auf Auskunft. Die Presse ist im Gerichtssaal während der Aussage zugelassen«, erklärte Kimball. »Daher kann ich nicht ausgeschlossen werden, nur weil die Befragung im Krankenhaus stattfindet.«

Lane erhob Einspruch, woraufhin Judge Carson entschied, dass Kimball bleiben konnte. Gaspar und Otto ebenfalls. Carson gab für ihre Entscheidung keine Erklärung ab.

Gaspar erwartete nicht, dass er viel erfahren würde, vor allem da Weston bisher außer dem gelegentlichen Stöhnen nichts zustande gebracht hatte. Dennoch war es sinnvoll, sich das Ganze nicht entgehen zu lassen, für den Fall, dass er redselig wurde. Man konnte nie wissen. Es bestand die geringe Chance, dass er mit einer Spur zu Reacher aufwartete, die er und Otto später verfolgen konnten. Aber hauptsächlich blieben sie, weil es seltsam gewirkt hätte, wenn sie jetzt gegangen wären.

Und dann öffnete Weston die Augen. Als er Gaspar sah, öffnete sich sein Mund zu einem breiten, zugedröhnten, albernen Grinsen. Seine Pupillen waren geweitet und er lallte, als er vergnügt fragte: »Haben meine Leute ihn gekriegt?«

»Was?«, fragte Otto und beugte sich vor.

Westons Stimme war schwach, flüsternd, schwer zu verstehen. Aber unverkennbar fröhlich. »Reacher. Hat auf mich geschossen. Haben meine Leute ihn umgebracht? Ist er tot?«

»Sie haben Reacher zu der Gedenkfeier gelockt«, fragte Otto, »damit Ihre Bodyguards ihn umbringen können?«

Crane starrte Otto wütend an, aber sie sah ihn nicht. Crane übernahm. »Colonel Weston, der Schütze war Michael Vernon. Er wurde am Tatort erschossen. Sie kannten ihn, richtig? Er hat zwei Jahre lang unter Ihnen im Irak gedient. Wurde von einer unkonventionellen Spreng- und Brandvorrichtung erwischt, wissen Sie noch? Zwei Kameraden starben. Vernon hat überlebt. Hat Sie für das Ganze verantwortlich gemacht, nehme ich an.«

Weston sank in das Kissen zurück und schloss wieder die Augen. Seine Atmung wurde unregelmäßiger. Steven Kent musste etwas auf den Monitoren gesehen haben, denn er betrat das Zimmer und überprüfte die Apparaturen.

»Zehn Minuten, nicht mehr«, sagte er zu Crane. »Ansonsten wird er die Nacht nicht überleben.«

»Sie sagten, seine Verletzungen seien nicht lebensbedrohlich«, sagte Crane.

Kent blieb standhaft. »Ich sagte, normalerweise nicht lebensbedrohlich. Wir müssen dafür sorgen, dass es so bleibt, finden Sie nicht?«

Das gefiel Crane nicht, aber er hielt sich zurück. Gaspar nahm an, dass Cranes Beherrschung nicht lange andauern würde.

Weston sah tatsächlich schlecht aus. Als er herausfand, dass sein Plan, Reacher zu töten, nicht aufgegangen war, schien seine zerbrechliche Stärke zu verpuffen. Gaspar fragte sich, wie oft Westons Rachefeldzug gegen Reacher zuvor schon gescheitert war. Westons Einflussbereich war groß, innerhalb der Regierung und außerhalb. Vielleicht eine weitere mögliche Erklärung für Reachers so unsichtbares Leben in der Versenkung – das Streben, nicht einmal von solch einem Bluthund gefunden zu werden. Zumindest bis Reacher sich um Weston kümmern konnte oder Weston vorher durch etwas anderes zu Tode kam. Was im Moment gar nicht mal so abwegig war.

Die Gerichtsschreiberin verkündete, dass sie bereit war.

Judge Carson leitete die Vernehmung ein, indem sie das Protokoll eröffnete und alle rechtlichen Notwendigkeiten erledigte. Sie sagte, sie habe einem Dringlichkeitsantrag auf eine protokollierte Vernehmung von Mr und Mrs Weston stattgegeben, weil das FBI ihr glaubhaft gemacht habe, dass die Aussage für laufende Ermittlungen nötig sei, die gefährdet werden könnten, sollten Mr und Mrs Weston später nicht mehr zu einer Aussage in der Lage sein.

Und weil Westons Rechtsbeistand zugestimmt hatte.

Jennifer Lane gab eine kurze Erklärung zu der begrenzten

Art ihres Beistandes und der Zustimmung ihres Mandanten ab. Die Beobachter sagten nichts.

Schließlich begann Crane mit seinen Fragen. Wenn es nach Gaspar ging, hätte er die ihm zustehenden zehn Minuten mit Fragen zu Westons Plan, Reacher umzubringen, verbringen können, denn das war das Einzige, was Gaspar interessierte, aber stattdessen konzentrierte er sich auf Westons private Sicherheitsfirma, die im Irak tätig war. Jede Frage war anschuldigend und angriffslustig, dachte Gaspar. Und vielleicht etwas verzweifelt. Aber es spielte keine Rolle. Crane sollte nichts erreichen.

Weston hatte jegliche noch verfügbare Energie auf Reacher verwendet. Jetzt reagierte er kaum. Er grunzte ein paar Mal, um ein Ja oder Nein mitzuteilen. Er stöhnte. Er schien fast bewusstlos zu sein. Die Mitschrift von Miss Chernow würde überwiegend aus einer Reihe von Fragen gefolgt von Leerzeichen bestehen.

Nach den versprochenen zehn Minuten sah Steven Kent wieder nach seinem Patienten. »Tut mir leid, aber das war's. Colonel Weston kann nicht mehr weitermachen.«

Cranes Verärgerung war offenkundig. »Aber wir sind nicht fertig.«

»Für den Moment schon«, erwiderte Kent. »Sie können in ein paar Stunden wiederkommen und es noch einmal versuchen, wenn Sie wollen. Oder Sie können mich anrufen, wenn Sie nicht umsonst herkommen wollen.«

Crane machte den Mund auf, um erneut zu meckern, aber Judge Carson sagte: »Danke, Mr Kent. Wir schließen jetzt das Protokoll und fahren heute Abend fort, oder so bald Colonel Weston dazu in der Lage ist.«

»Dann lassen Sie uns jetzt Mrs Weston befragen«, sagte Crane.

Samantha Weston lag in dem einzigen anderen Bett, das in diesem Raum belassen worden war. Ein Vorhang trennte sie von dem Bett ihres Mannes. Kent zog den Vorhang beiseite und überprüfte ihre Werte. Er schüttelte den Kopf. »Mrs Weston ist noch immer unter Narkose. Sie ist zurzeit ebenfalls nicht in der Lage, sich mitzuteilen, fürchte ich.«

Cranes Mund war eine einzige gerade Linie. Gaspar beobachtete, wie er sich abmühte, um seine Wut unter Kontrolle zu halten. Dieser Typ war ein Trauerkloß. Zu weich. Wenn er seinen Willen nicht bekam, wurde er quengeliger als Gaspars zehnjährige Tochter. Bei dem Gedanken musste Gaspar lächeln und Crane blitzte ihn wütend an, als würde er gleich eine Schlägerei anfangen. Gaspar bemühte sich, nicht zu lachen. Ottos und sein Blick trafen sich, und er sah, dass es ihr ebenso erging wie ihm.

Judge Carson erkannte die Lage. Sie tat, was Richter taten. Sie beendete das Ganze. »Gibt es noch etwas, das jemand im Moment zu Protokoll geben möchte?«

Niemand meldete sich zu Wort. Sie schloss das Protokoll und alle verließen den Raum, abgesehen von Miss Chernow, die ihre Ausrüstung zusammenpackte.

Auf dem Flur ergriff Crane wieder die Initiative. »Judge Carson, wir würden gern in zwei Stunden weitermachen. Wir machen uns Sorgen, dass diese Zeugen die Nacht nicht überleben. Denn dann würde unseren Ermittlungen unwiderruflich Schaden zugefügt …«

Judge Carson unterbrach ihn, bevor er sich wieder in Rage reden konnte. »Gut. Miss Chernow lebt von den Nüssen und Trockenfrüchten, die sie in ihrer Handtasche herumschleppt. Bei der Ernährung wäre ich in einer Woche tot, und ich habe Hunger. Geht jemand mit mir zum Essen zu George's Place? Umziehen ist nicht notwendig. Wir können etwas Schnelles in der Sunset Bar essen.«

Eine Einladung zum Essen von der Richterin im eigenen Fall abzulehnen, war nicht schlau, und jeder, der offiziell an Weston interessiert war, hätte annehmen müssen.

Doch Crane sagte: »Ich muss meine Akte noch einmal durchsehen, um meine Fragen zu optimieren. Ich zieh mir einfach etwas aus dem Automaten.«

Agent Bartos, der wahrscheinlich dachte, es wäre seiner Karriere nicht förderlich, wenn er seinem Boss widerspräche, zog sein Portemonnaie heraus und ging zum nächstgelegenen Automaten.

Jennifer Lane schien hin und her gerissen zu sein. Wenn sie blieb, konnte sie Crane und Bartos im Auge behalten, aber sie könnte Gaspar und Otto nicht mehr beobachten. Ganz zu schweigen davon, dass sie die Richterin vor den Kopf stoßen würde. Wenn sie aber mit zum Essen ging, wären Crane und Bartos unbeaufsichtigt, und wer weiß, zu welchem Unfug sie in der Lage wären, wenn sie sie nicht aufhielt.

Gaspar unterdrückte sein Grinsen und schaute zu Otto, die so tat, als gähnte sie – wahrscheinlich auch um ihre Belustigung zu überspielen.

»Ich bin dabei«, verkündete Jess Kimball.

»Ich auch«, sagte Otto. Aus welchen Gründen auch immer. Ihre Motive waren Gaspar meistens ein Rätsel.

Gaspars Beweggründe, die Einladung von Judge Carson anzunehmen, waren überhaupt nicht rätselhaft. Sie hatte angeboten, die Rechnung zu übernehmen, und er war hungrig. So einfach war das.

KAPITEL 11

Der Mercedes CLK Cabrio von Judge Carson glitt über den Bayshore Boulevard wie eine Brieftaube auf dem Heimflug. Jessica Kimballs Geländewagen folgte. Gaspar bildete mit dem Mietwagen das Schlusslicht.

George's Place war das einzige Fünf-Sterne-Restaurant in South Tampa, soweit Gaspar wusste. Er hatte nie in einem anderen gegessen. Was vielleicht nicht viel bedeutete. Er kam nicht oft nach Tampa und er war kein großer Feinschmecker. Ein gutes Cuban Sandwich reichte ihm. Und jedes Dessert, das mit Guave gemacht wurde.

Die entspannte Fahrt vom Tampa Southern Hospital nach Plant Key war an diesem Abend ebenso schön wie zuvor am Tag. Der Bayshore Boulevard säumte das Wasser meilenweit. Der Vollmond und die beleuchtete Balustrade schufen eine warme, verzauberte Atmosphäre, die seine Töchter immer geliebt hatten.

»Wie wär's mit einer kurzen Zusammenfassung?«, fragte Otto, als hätte er eine Wahl.

»Klar doch.«

Sie ging ihre Schlussfolgerungen durch und zählte sie an den Fingern ab, als wären sie Tatsachen. Was sie wahrscheinlich auch waren. »Weston hat verlauten lassen, dass er bei diesem Gedenkgottesdienst anwesend sein würde, um Reacher anzulocken. Er glaubte, Reacher würde versuchen, ihn umzubringen. Er hat sich zu einer menschlichen Zielscheibe gemacht. Dann sollten seine Bodyguards Reacher umbringen. Sein Ziel war es, an Reacher Rache zu üben.«

Gaspar hatte keine Einwände. Provozierter Suizid. Vielleicht etwas profan für so einen Machiavelli wie Weston, aber kein seltenes Motiv bei Menschen, die so voller Zorn waren und sich von der Polizei verfolgt fühlten.

»Weston hat seit sechzehn Jahren geplant, Reacher zu töten. Findest du das nicht seltsam?«, fragte sie.

»Doch, finde ich.« Aber das musste kein Widerspruch sein. Von wegen eiskalte Rache und so. Außerdem war er hungrig und wollte die Diskussion nicht in die Länge ziehen. Er drehte das Fenster hinunter, bekam eine gute Brise des bei Ebbe freiliegenden Planktons in die Nase und schloss das Fenster lieber gleich wieder.

Als Nächstes kamen Ottos Spekulationen.

»Der Boss wusste von Westons Plan und dachte, es könnte funktionieren«, sagte er. »Er wusste, dass Reacher vielleicht auftauchen könnte. Die Gedenkfeier ist groß angekündigt worden. Reacher könnte davon gehört haben, je nachdem wo er sich verdammt noch mal gerade versteckt. Der Boss wusste, dass wir ins Kreuzfeuer geraten könnten.«

Gaspar zuckte mit den Schultern. »Wahrscheinlich.«

»Macht dir das nichts aus?«, fragte sie kampflustig wie immer.

Er konnte ihren Kummer spüren, hatte aber selbst keinen. Er machte sich hinsichtlich ihres Bosses keine Illusionen. Dieser Auftrag hatte sie beide schon mehr als einmal fast umgebracht. Warum sollte es heute anders sein?

»Spielt keine Rolle, ob es mir etwas ausmacht, Sunshine.«

Ihre Schultern sackten herunter, als ihr stählerner Trotz schmolz. »Er wusste es und hat uns trotzdem hineingeschickt«, sagte sie. »Das ist das Schlimmste.«

»Es ist, wie es ist. Das weißt du. Hör auf, von ihm zu erwarten, dass er sich ändert.« Gaspar hatte noch zwanzig Jahre vor sich und eine andere Karriere kam für ihn nicht infrage. Aber Otto war ehrgeizig. Sie hatte Pläne. Optionen. Sie sollte den nächsten Schritt gehen, bevor dieser Auftrag sie das Leben kostete oder es zerstörte, was immer zuerst kommen mochte. Sie hätte schon längst gehen sollen. Aber er wusste, dass sie es nicht tun würde. Also sagte er nichts mehr.

Nach einigen Sekunden des Schweigens, die Ottos ungutes Gefühl betonten, fragte sie: »Hast du Reacher irgendwo gesehen?«

Gaspar erinnerte sich an das Funkeln in dem möglichen Heckenschützen-Versteck, schüttelte aber den Kopf. »Weston leidet unter wahnhaften Störungen. Und der Boss auch.«

Sie schien sich etwas besser zu fühlen, als er aussprach, was fast der Bestätigung gleichkam, dass Otto eben nicht nachlässig gewesen war und Reacher übersehen hatte, obwohl er quasi in voller Lebensgröße neben ihr gestanden hatte.

»Unser Flug geht um Mitternacht«, sagte Gaspar. »Wir müssen noch vier Stunden rumkriegen, danach sitzen wir hier fest. Wir können anständig essen, herausfinden, was diese Reporterin über Reacher weiß, zurück ins Krankenhaus fahren, um uns Westons Aussage anzuhören, und dann abhauen.«

Als sie nicht antwortete, sagte er: »Du isst doch gerne und gerne gut. Ich dachte, unser Dinner-Erlebnis würde dich begeistern, Susie Wong. Du bist eingeladen.«

»Wurde auch Zeit, dass du mich mal in ein anständiges Lokal bringst, Chico«, antwortete sie, und ein kleines Grinsen ließ ihre Mundwinkel nach oben wandern.

Das stimmte. Also lachte Gaspar und es war ein gutes Gefühl, als sie endlich mal einstimmte.

KAPITEL 12

Vor der Ampel an der Kreuzung Bayshore und Gandy Boulevard wechselte der Cabrio von Carson auf die Linksabbiegerspur, hielt kurz und überquerte dann die Fahrbahnen, die nach Osten führten, um die Plant Key Brücke zu erreichen. Eine einfache zweispurige Straße, die flach über der seichten Hillsborough Bay lag. Eine Fahrspur hin, die andere weg von der privaten Insel. Was wahrscheinlich sowohl die gute als auch die schlechte Nachricht war, je nachdem, wie hoch das Verkehrsaufkommen war und ob man sich schnell in einer Falle gefangen fühlte.

Carson fuhr eilig auf den überraschend vollen Parkplatz am Haupteingang.

Das rote Backsteingebäude funkelte in der hereinbrechenden Dunkelheit. Die Beleuchtung strömte vergnügt durch die Fenster hinaus. Das übrige Gelände war von Flutlichtern erhellt. Kleinere Lichtkegel betonten die Dunkelheit und das stählerne Minarett auf dem Dach.

Gaspar verlor Carson und Kimball aus den Augen, während er nach einem freien Parkplatz Ausschau hielt.

»Das Gebäude ist der Wahnsinn«, sagte Otto.

»Was? Sieht dein Haus in Michigan nicht genau so aus?«

»Ich dachte mir doch, dass es mir irgendwie bekannt vorkommt«, sagte sie, was ihn beruhigte. Sie hatte endlich ihre miese Stimmung überwunden.

»Als ich das erste Mal hier war«, sagte er, »wurde mir erzählt, dass dies als privates Wohnhaus errichtet worden ist. Kannst du dir vorstellen, in so einem Haus zu wohnen? Diener, Pferde und alles, was dazugehört, natürlich.«

»Ziemlich idyllischer Ort für ein Restaurant«, erwiderte sie und sog noch immer alles in sich auf. »Jetzt fühle ich mich wirklich underdressed.«

Bis er den Wagen ordentlich geparkt hatte, hatten Carson und Kimball sicher schon das Gebäude betreten. Gaspar hielt inne, um sich zu dehnen, nachdem er aus dem Auto gestiegen war – wie immer. Er tat so, als sei er nur faul. Aber die Wahrheit war, dass er platt aufs Gesicht fallen würde, wenn er versuchen würde, sich zu bewegen, ohne vorher sein rechtes Bein gedehnt zu haben.

Otto sah zu und wartete. »Kimball sagt, sie weiß alles über den Mord an Westons Familie. Da Reacher damals der Ermittler in dem Fall war, hat sie vielleicht ein paar Informationen oder Spuren, die uns helfen könnten. Lass uns dafür sorgen, dass wir hier nicht mit leeren Händen wegfahren, okay?«

»Ich fahre und trinke deshalb nicht. Also werde ich nichts Besseres zu tun haben«, sagte Gaspar und ging dann so schnell los, wie es ihm möglich war. Otto konnte leicht mithalten. Daran maß er sich und so wusste er, dass er im Schneckentempo unterwegs war.

KAPITEL 13

Kimball wartete am Empfangsbereich. »Judge Carson hat gesagt, sie kommt gleich wieder und wir sollen schon mal nach einer Sitzecke in der Sunset Bar Ausschau halten.«

»Nach Ihnen«, sagte Gaspar. Er war schon mal in dem Gebäude gewesen, aber der Charme der Alten Welt war auch dieses Mal beeindruckend. Der spanische Einfluss machte sich durch schweres, dunkles, massives Mobiliar und die Geräumigkeit bemerkbar. Er hatte Gaslampen vor Augen, und Diener, die durch die Säle streiften. Vielleicht hatten seine Vorfahren in so einem Haus in Kuba als Diener gearbeitet.

Die Sunset Bar war ein viel legereres Restaurant, als Gaspar erwartet hatte. Ein Fernseher, Sitzecken, eine gut ausgestattete Bar, die die gesamte Seite des Raumes gegenüber den nach Westen liegenden Fenstern einnahm. Gaspar stellte sich vor, dass man hier jeden Abend großartige Sonnenuntergänge genießen konnte.

Entgegen allen Erwartungen gab es eine freie Sitzecke. Die schlechte Nachricht: Sie war umgeben von hörenden Ohren und beobachtenden Augen. Das bedeutete, sie hatten weniger Gelegenheit, an Informationen zu kommen, als Gaspar gehofft hatte.

Kimball rutschte auf die Bank und Gaspar setzte sich neben sie an den Gang, sodass er mehr Platz hatte, um sein rechtes Bein unauffällig auszustrecken. Otto bemerkte es wahrscheinlich. Sie bemerkte alles. Sie rutschte auf der gegenüberliegenden Bank durch bis zu Kimball und ließ Platz für Carson, die gegenüber von Gaspar sitzen konnte.

Kimball lehnte sich vor und sagte leise: »Diese beiden Typen da drüben?« Sie zeigte mit einer Kopfbewegung nach rechts auf die beiden. »Die kommen viel rum. Ich hab sie heute auf der Gedenkfeier gesehen. Sie sind mir aufgefallen, weil sie auch bei der Hinrichtung des Mörders von Westons Familie waren. Beide Male war noch ein Dritter bei ihnen.«

Beeindruckendes Gedächtnis, dachte Gaspar. Wahrscheinlich ziemlich praktisch für eine Reporterin.

Die Männer waren in Westons Alter. Latinos. Korpulent. Leger und teuer gekleidet. Sie sahen nicht unbedingt aus wie Mafiosi, aber sie waren auch keine normalen Geschäftsleute, die sich einen Feierabenddrink gönnten.

Otto setzte sich aufrecht hin. Im Plauderton fragte sie: »Wissen Sie, wer das ist?«

»Das steht auf meiner Liste der Dinge, die ich herausfinden will.«

»Wie sah der dritte Typ aus?«, fragte Gaspar, obwohl er ahnte, dass er es schon wusste.

»Als wäre er in der Hölle gewesen und hätte den Rückweg nicht geschafft. Was einem als Erstes an ihm auffiel, war eine schwarze Augenklappe über einer leeren Augenhöhle. Und Narben von einer verheilten Kopfverletzung.« Sie zögerte kurz. »Mit einer Hand stimmte auch etwas nicht, aber ich hab's nicht gut genug gesehen, um es beschreiben zu können.«

»Das klingt nach dem Kerl, der heute Morgen auf Weston geschossen hat. Was sagte Crane noch, wie er hieß?« Gaspar kramte in seinem Gedächtnis nach dem Namen, aber bevor er ihn hatte, konnte Otto aushelfen.

»Michael Vernon.«

Kimball nickte bedächtig, als suchte sie ihre interne Festplatte nach Daten über Vernon ab, ohne etwas zu finden. Was Gaspar für einen Trick hielt. Sie hatte heute sicher einen Weg gefunden, einen Blick auf den Schützen zu werfen. Und wenn, dann hatte sie die Verbindung schon hergestellt. Nicht, dass sie ihm etwas schuldig war, aber welche anderen Informationen behielt sie noch für sich?

Ein Kellner kam mit den Speisekarten an den Tisch und nahm die Getränkebestellung auf. Alle drei bestellten Kaffee. Kimball und Otto tranken ihn schwarz. Gaspar bestellte einen *café con leche*, den kräftigen kubanischen Kaffee mit viel heißer Milch.

»Was ist das beste Essen auf der Karte?«, fragte Otto.

»Sie können nichts falsch machen«, antwortete der Kellner. »George's Place hat die besten Köche der Stadt. Das Essen hier in der Sunset Bar ist das Gleiche, das Sie drüben im Restaurant bekommen würden.«

»Was hatten Sie zum Abendessen?«

Er grinste. »Mein absolutes Lieblingsgericht ist das Thomas Jefferson Roast Beef. Ohne Frage.«

»Das nehme ich«, sagte Otto und gab ihm die Karte zurück.

»Dazu würde ich den Birnensalat mit Gorgonzola nehmen«, sagte er.

»Gekauft.«

»Zweimal das Ganze«, sagte Kimball.

»Dreimal«, sagte Gaspar.

»Geht in Ordnung«, antwortete der Kellner und sammelte alle Speisekarten ein. »Bin gleich wieder mit dem Kaffee zurück.«

Als sie wieder allein waren, sagte Kimball: »Wie Sie bin auch ich etwas im Nachteil, weil ich Tampa nicht so gut kenne. Wir können Judge Carson fragen, wer diese Typen sind. Wenn sie Stammgäste sind, weiß sie es vielleicht. Und wenn sie es nicht weiß, kann sie es herausfinden, denn das Lokal gehört ja ihrem Mann.«

Otto riss die Augen auf, aber Kimball hatte ihre Beute beobachtet und es nicht bemerkt.

Gaspar spielte den Retter in der Not für Otto und den Schüler für Kimball gleich dazu. »Ich wusste nicht, dass Carsons Mann der Besitzer dieses Restaurants ist. Dann heißt er wohl George?«

Kimball wandte ihren Blick wieder Gaspar und Otto zu, und ihre Lippen verzogen sich zu dem natürlichsten Grinsen, das Gaspar bisher von ihr gesehen hatte. Sie hatte ein hübsches Gesicht, wenn sie nicht so finster dreinschaute. Was bisher sehr selten vorgekommen war.

»Wow, dafür haben Sie eine Belohnung verdient. Eine Zigarre für den Kubaner?«, scherzte sie. »Apropos, Willa Carson raucht kubanische Zigarren. Das wussten Sie wahrscheinlich auch nicht, oder?«

Dieses Mal lachte Gaspar laut auf. Die extravagante Richterin Willa Carson wurde immer interessanter. Zu schade, dass er nicht dem FBI Field Office von Tampa angehörte. Klang viel amüsanter als Miami.

»Wenn wir genug Zeit haben, werde ich sie fragen, ob sie nicht Lust auf eine Zigarre zum Nachtisch hätte.« Kubanische Zigarren waren illegal, aber der Tabak wurde jetzt unter anderem in der Dominikanischen Republik angebaut. Die besten waren natürlich von Hand gerollt und gelagert, bis sie den richtigen Geschmack hatten. Gaspar hatte keine gute Zigarre mehr genossen, seit er aus Miami abgereist war, und das fehlte ihm.

Er hätte noch mehr Fragen gestellt, aber Otto unterbrach das alberne Geplänkel. »Diese beiden Typen und der heute getötete Schütze müssen also von hier sein. Sie müssen Weston ebenfalls kennen. Und sie könnten auch den Mörder der Weston-Familie gekannt haben, wenn sie die Erlaubnis hatten, seiner Hinrichtung beizuwohnen.«

»Klingt einleuchtend«, sagte Kimball.

»Wie immer die Beziehung dieser fünf Männer auch aussieht, sie muss mindestens bis zum Mord an der Weston-Familie zurückreichen«, fuhr Otto fort.

Wenn man sie nicht kannte, würde man glauben, sie überlegte nur laut. Aber sie hatte bereits ihre Schlussfolgerungen gezogen und gab ihnen nur den letzten Schliff.

Gaspar sagte nichts.

»Das ergibt Sinn«, antwortete Kimball. »Ich kann das aufgrund meiner bisherigen Ermittlungen nicht bestätigen, aber es ist eine gute Arbeitshypothese und wahrscheinlich wahr. Sie sind FBI-Agenten. Sie könnten sie fragen. Es ist illegal, Agenten einer Bundesbehörde anzulügen.«

»Sie sagten, Weston schuldete einer Bande Geld und zahlte nicht«, sagte Otto. »Sie meinten, deswegen sei seine Familie umgebracht worden.«

»Ja.«

»Was für eine Art von Bande? Drogen? Menschenhandel?«

Kimball schüttelte den Kopf. »Die Bande selbst hatte wahrscheinlich in allem ihre Finger drin. Aber Westons Laster war das Spielen. Das ist ihm total über den Kopf gewachsen, wie oft bei Spielern.«

»Damals, als die Weston-Familie ermordet wurde, war das Spielen hier größtenteils verboten, abgesehen von Windhundrennen«, erläuterte Gaspar Otto zuliebe.

»Hunderennen?«, fragte Otto. »Ist bei Hunderennen so viel Geld im Spiel?«

»Möglich«, sagte Kimball, »aber Westons Spielsucht war von der illegalen Sorte. Die Anschuldigungen, denen Reacher damals nachging, hatten mit Totalisatorwetten zu tun.«

»Die also nicht am Rennplatz stattfinden«, erklärte Gaspar, »sondern in Wettbüros. In Miami haben wir mehrere Wettbüros unter permanenter Beobachtung. Solche Wetten sind heutzutage legal und staatlich reglementiert. In Florida sind die Wettbüros Einnahmequellen für den Staat. Aber auch Jauchegruben der Korruption, in der ein spielsüchtiger Typ richtig in Schwierigkeiten kommen kann.«

»Genau. Weston steckte bis über beide Ohren drin. Er war im Staatsdienst beim Militär und das, naja, sagen wir einfach, damit hat er keine Million pro Jahr verdient.«

»Er hatte eine Million Schulden?«, fragte Gaspar.

Kimball nickte. »Er hatte keine Möglichkeit, so viel Geld aufzutreiben. Er war hier ein ziemlicher Promi und die Bande beschloss, an ihm ein Exempel zu statuieren. Sie sagten, er solle zahlen, sonst würde seine Familie für ihn zahlen. Anscheinend hat er sich für die zweite Alternative entschieden. Mistkerl.«

Kimball hörte auf zu reden, als der Kellner den Kaffee servierte.

Nachdem er gegangen war, sagte Otto: »Sie sagen also, Reacher hat all das aufgedeckt und Weston verhaftet, aber die Leute hier konnten nichts davon beweisen? Also kam Weston davon?«

Gaspar fand, dass sich das ganz nach Reachers Methoden anhörte. Er hatte alles herausgefunden und die Angelegenheit selbst in die Hand genommen. Er kümmerte sich nicht allzu sehr darum, ob ein Gericht seine Beweise akzeptierte.

Kimball nahm einen Schluck von ihrem Kaffee und erwiderte Ottos unverwandten Blick. »So sieht es den Akten und allem anderen, was ich heraufgefunden habe, zufolge aus. Weston hat den Abzug nicht gedrückt, aber er hat auch nichts getan, um den Mörder aufzuhalten. Natürlich stritt er jegliche Beteiligung ab. Er hatte ein Alibi. Der Schütze war geständig. Es gab keine Beweise für Westons Schulden. Keine Beweise dafür, dass die Drohung von der Bande ausgesprochen und von Weston ignoriert worden war. Der Anführer der Bande hat sich natürlich nicht freiwillig für eine Zeugenaussage gemeldet.«

»Es gab keine zulässigen Beweise gegen Weston, also wurde er freigelassen. Und bis man alles geregelt hatte, war Reacher schon fort.«

Während Otto ihren Satz zu Ende sprach, kam das vierte Mitglied ihrer Gesellschaft an den Tisch und setzte sich gegenüber von Gaspar auf die Bank.

»Westons Fragen im Krankenhaus nach zu urteilen, nehme ich an, dass Ihr Auftrag etwas mit Jack Reacher zu tun hat«, sagte Carson, während sie dem Kellner winkend zu verstehen gab, dass sie nun vollzählig waren. Sie sah, dass alle Kaffee tranken, bestellte sich ebenfalls einen *café con leche* und schaute kurz in die Speisekarte. Gaspar dachte, dass sie sie mittlerweile wahrscheinlich auswendig kannte. »Ich habe ihn einmal getroffen, als er hier war.«

»Wen haben Sie getroffen?«, fragte Otto.

»Wer war hier?«, fragte Kimball gleichzeitig.

Carson entschied sich für ein Essen, legte die Speisekarte weg und schaute zu Otto und Kimball. »Jack Reacher. Er ist nicht lang geblieben. Aber mir wurde gesagt, das sei auch nicht seine Art.«

Der Kellner nahm ihre Bestellung auf und schenkte Kaffee nach. Er war sogar noch aufmerksamer, nun da die Frau vom Chef im Hause war.

»Was hat Reacher hier gemacht?«, fragte Otto, nachdem der Kellner gegangen war.

Carson lehnte sich zurück und drehte ihren Kopf leicht zur Seite, sodass sie alle ansehen konnte. Sie schien ein paar schnelle

Entscheidungen zu treffen, bevor sie antwortete. »Dies ist nicht mein Fall. Wenn er es wäre, würde ich nicht mit Ihnen darüber reden. Ich habe heute Abend Bereitschaft und das ist der einzige Grund, weshalb ich einverstanden war, bei diesen beiden eidlichen Aussagen den Vorsitz zu führen.«

Gaspar nahm an, dass sie zu ihrem eigenen Schutz Haarspalterei betrieb. Aber Weston war nicht sein Problem, Reacher dagegen schon. Ihm war ihr juristischer Balanceakt egal, aber er war beeindruckt von der Art, mit der sie um die Vorschriften herumglitt, ohne auch nur gegen eine einzige zu verstoßen.

Otto, die Juristin, antwortete: »Verstanden.« Vielleicht sah sie es so wie Gaspar. »Wir nehmen für die Task Force für Spezialisiertes Personal eine routinemäßige Überprüfung von Reachers Hintergrund vor. Was immer Sie uns über ihn erzählen können, ist für uns hilfreich.«

»Ich habe heute in die Akten geschaut, als das FBI mich gebeten hat, bei Westons Aussage den Vorsitz zu führen, und gesehen, dass Reacher im Spätsommer 1997 hier war.«

Also wenige Monate nach dem Mord an Westons Familie, rechnete Gaspar schnell aus. Und nachdem der Mörder verhaftet und Weston entlassen worden war. Außerdem war Reacher etwa sechs Monate zuvor aus der Army entlassen worden. Beim ersten Mal war es ihm nicht gelungen, Weston für die Morde zur Rechenschaft zu ziehen. Seine Hartnäckigkeit musste ihn nach seiner Entlassung hierher zurückgetrieben haben, um es noch einmal zu versuchen, und zwar lange nachdem er eigentlich mit seinem Leben hätte fortfahren müssen.

»Ich erinnerte mich daran, dass ich ihn mal getroffen habe. Er ist kein Typ, den man so leicht vergisst«, sagte Carson. »Weston landete auch damals fast tot im Tampa Southern Hospital.«

»Das erklärt, warum Weston nicht auf der ersten Gedenkfeier war, die nach dem Mord an seiner Familie und seiner Entlassung aus dem Gefängnis stattgefunden hat. Und danach war er nicht mehr im Lande.« Kimball sprach den Gedanken aus, der Gaspar zur gleichen Zeit gekommen war.

Das Essen wurde serviert. Carson und Kimball fielen über die Teller her wie wilde Hunde, doch Otto ignorierte ihr Essen und konzentrierte sich weiter auf Reacher wie eine Rakete auf Zielkurs. Gaspars Magen knurrte, aber er hatte das Gefühl, er müsste sich zurückhalten, bis Otto zuschlug.

Carson zeigte auf die Teller. »Wir haben nicht viel Zeit. Wir können gleichzeitig reden und essen. Mach ich seit Jahren.«

Otto hob die Gabel an und Gaspar stürzte sich auf das Essen, als hätte er seit Wochen keine anständige Mahlzeit bekommen. Hatte er auch nicht. Das Essen war großartig, noch besser als er es in Erinnerung hatte. Genau so etwas liebte seine Frau. Das Steak war nur leicht gebraten und hatte eine Mangochutney-Kruste. Die Madeira-Pilzsauce war leicht, aber geschmackvoll. Die Kombination aus reifen Williams-Christ-Birnen, Gorgonzola, kandierten Walnüssen und einer Vinaigrette harmonierte perfekt. Ein trockener Cabernet hätte aus dem Mahl eines der Top 5 aller Zeiten gemacht. Das bedeutete, er durfte ihr nichts davon erzählen. Zumindest nicht, bis sie mit ihm herkommen und das Essen selbst erleben konnte.

»Wir haben Reacher nie kennengelernt«, sagte Otto. Sie rührte den Salat auf ihrem Teller kaum an. »Wie ist er so?«

»Groß. Still. Überhaupt kein Sinn für Mode«, meinte Carson lachend. Als Otto nicht lächelte, schien Carson ernsthafter über die Frage nachzudenken. Langsam, als hole sie verborgene Kunstschätze aus den Tiefen ihrer Erinnerung hervor, sagte sie: »Er fiel auf wie ein bunter Hund, aber er strömte Zuversicht aus, wie ein Kraftfeld, das alle Herausforderer abstieß. Er wirkte amerikanisch und gleichzeitig nicht-amerikanisch. So wie es bei Soldatenkindern der Fall ist. Als hätte er einen gültigen Ausweis, gehöre aber nicht wirklich hierher. Es schien ihm egal zu sein, dass er nicht hierhergehörte. Fast alles schien ihm egal zu sein.«

»Lebte er in Tampa? Oder besuchte er jemanden?«, fragte Kimball. Vielleicht dachte sie an die Sache mit den Wetten. Oder vielleicht dachte sie auch, dass Reacher nach Weston gesucht hatte.

»Er sagte, er sei auf der Durchreise. Er fragte mich nach dem Busbahnhof. Wollte nach Norden, glaube ich. Atlanta, vielleicht?« Sie wischte sich die Madeira-Sauce mit der Serviette vom Mund und rückte vom Teller weg. »Aber natürlich ist von hier aus alles im Norden und die meisten Straßen führen nach Atlanta.«

»So wie Sie ihn beschreiben«, sagte Kimball, »scheint Reacher nicht so eine Art Mensch zu sein, zu dem Sie Kontakt haben würden, Judge Carson. Wo haben Sie ihn kennengelernt?«

»Habe ich damit nicht angefangen? Tut mir leid. Fundraising. Wir gehen zu zig Veranstaltungen solcher Art. Bei dieser ging es um Stipendien für Soldatenwaisen, glaube ich.«

»Wo fand die Veranstaltung statt? Auf dem Stützpunkt MacDill?«

»Greyhound Lanes«, antwortete Carson. Sie musste die Verwirrung ihrer Zuhörer bemerkt haben und erklärte: »Hat nichts mit dem Busbahnhof oder einer Bowlingbahn zu tun. Die Hunderennbahn.«

»Hunderennen?«

»Ja, warum?«

»War Weston dort?«

»Wenn er damals als Offizier auf der MacDill-Basis war, dann könnte er bei der Fundraising-Veranstaltung gewesen sein. Sicher. Ziemlich viele Soldaten waren da. Es ist ein großes, jährlich stattfindendes Event. Sehr beliebt. Großes Familienfest.«

Kimball sah zu den beiden Latinos. »Gibt es einen Zusammenhang mit diesen Typen, die da drüben sitzen? Sie kommen mir bekannt vor, aber ich kann sie nicht einordnen.«

Carson drehte sich um und schaute hinüber. »Das sind Alberto und Franco Vernon. Sie könnten bei der Fundraising-Aktion gewesen sein. Sie haben mit der Hunderennbahn Greyhound Lanes nichts zu tun, aber sie haben ein Wettbüro ein paar Meilen weiter nördlich.«

»Sind sie mit Michael Vernon verwandt?« Kimball fragte nach dem toten Mann, den Agent Crane als den heutigen Schützen identifiziert hatte.

Carson ließ ihre Gabel auf den Teller sinken und legte sich ihre Antwort zurecht, denn die Frage kam dem Fall, für den sie zuständig war, zu nahe. »Sie haben einen Bruder namens Michael, ja. Das ist eine große Familie aus der Gegend. Seit langer

Zeit Geschäftsleute in Tampa. Tragen viel zu der Gemeinschaft bei. Wie in den meisten großen Familien sind einige Mitglieder erfolgreicher als andere. Aber sie halten zusammen.«

Gaspar vernahm die unmissverständliche Botschaft, dass keine weiteren Fragen über die Vernons zugelassen waren. Kimball musste es auch verstanden haben, denn sie hakte nicht weiter nach. Kurz darauf nahm Carson ihre Gabel wieder zur Hand und aß langsamer weiter.

Otto, fokussiert wie immer, fragte: »Hat Reacher gesagt, warum er da war? Auf der Fundraising-Veranstaltung?«

»Wenn, dann erinnere ich mich nicht. Aber ich bezweifle es. Er hat überhaupt nicht viel gesagt. War kein Konversationskünstler, sagen wir mal so.« Carson warf einen Blick auf den Fernseher, der in der Ecke über der Bar an der Wand hing. »Unsere Zeit ist rum. Essen wir auf und fahren dann zurück. Agent Crane wird mich dem Chief Judge melden, wenn wir noch später kommen.«

So, wie sie grinste, hatte Gaspar das Gefühl, dass es bezüglich ihrer Beziehung zu dem Gerichtspräsidenten eine Geschichte gab, die sie nicht erzählte. Zu schade. Er hätte sie gern gehört.

KAPITEL 14

Otto und Gaspar kamen zuerst am Haupteingang des Krankenhauses an. Sie registrierten sich wieder am Informationsschalter und machten sich auf den Weg durch den Irrgarten, den irgendein Verwaltungsbeamter für die Pflegeeinrichtung ersonnen hatte. Schließlich fanden sie das Wartezimmer bei den Operationssälen, wo sie vor zwei Stunden das erneute Treffen vereinbart hatten. Die Dunkelheit brach im November früh herein, aber der Ausblick aus dem Fenster des Wartezimmers war nicht weniger ansprechend, wie Gaspar bemerkte. Helles Mondlicht und die Beleuchtung entlang des Bayshore Boulevard machten ihn noch magischer als bei Tag.

Die Agenten Crane und Bartos saßen mit offenen Aktentaschen auf dem Schoß in dem Raum, umgeben von dem Papier süßer Riegel und leeren Pappbechern.

»Sieht aus, als hätten Sie beide auch ein richtiges Feinschmeckeressen genossen«, sagte Gaspar.

Crane blitzte ihn nur wütend an.

»Wo ist Jennifer Lane?«, fragte Gaspar.

»Samantha Weston hat vor etwa fünf Minuten nach ihr verlangt«, antwortete Bartos. »Sobald Judge Carson und die Gerichtsschreiberin hier sind, gehen wir alle wieder hinein, bringen es zu Ende und hauen von hier ab.«

Als hätten seine Worte sie herbeibeschworen, öffnete Carson die Tür und sagte: »Miss Chernow hat mir eben eine SMS geschickt. Sie sagt, sie bereitet gerade alles vor. Lassen Sie uns das hier erledigen, damit sich die Patienten erholen können.«

Sie alle gingen hinter ihr her den Flur entlang zum Aufwachraum, wo sie beide Westons zurückgelassen hatten.

Sie waren keine fünf Meter vorangekommen, als die Hölle losbrach.

Zuerst erfüllte das unverkennbare Krachen von zwei schnell aufeinanderfolgenden Schüssen den stillen Flur. Eine Frau schrie. Eine andere Frau rief etwas, das Gaspar nicht verstand. Dann folgten zwei weitere Schüsse schnell nacheinander.

Otto zog ihre SIG Sauer und rannte los.

Gaspar zog seine Glock und folgte dicht hinter ihr.

Mit gezogenen Waffen bildeten Crane und Bartos die Schlusslichter.

Bevor sie das Zimmer erreichten, hörte Gaspar noch einen Schuss.

Willa Carson rannte zurück zum Treppenhaus. Eine Sekunde später explodierte ein grauenhaft lautes Dröhnen um sie herum. Sie hatte den Feueralarm ausgelöst. Als Gaspar an den beiden Agenten vorbei nach hinten schaute, sah er, dass die Richterin bereits ihr Handy in der Hand hatte und eine Nummer eingab.

Der schmale, mit Krankenhauskram vollgestopfte Flur ließ den Agenten keine andere Wahl, als hintereinander in die Richtung vorzustoßen, aus der die Schüsse kamen.

Kurz bevor Otto die Tür zum Aufwachraum erreichte, stürmte Natalie Chernow heraus und rannte in sie hinein. Otto drückte sie gegen die Wand und versuchte zu fragen, was passiert war, aber sie schluchzte und gab unverständliches Zeugs von sich. Man hätte sie über den Lärm der Alarmanlage hinweg ohnehin nicht verstanden, und schon gar nicht über die Sirenen hinweg, die nun von draußen hereindrangen und sich zu dem Krach gesellten. Der Lärm war ohrenbetäubend.

Gaspar nahm an, er sollte sich angesichts der schnellen Reaktion aller Beteiligten beruhigt fühlen, aber in diesem Moment war nicht die Zeit, sich darüber zu freuen. Otto schob die Gerichtsschreiberin zu ihm herüber und er gab sie weiter an die Agenten hinter sich, um dann Otto in das Zimmer zu folgen, wo sie gerade »FBI! FBI!« über den Tumult hinweg schrie. Der Lärm breitete sich wie ein Elektroschock in Gaspars ganzem Körper aus.

KAPITEL 15

Die erste Person, die Gaspar sah, war Jennifer Lane.

Sie stand mit leeren Händen da, starrte mit weit aufgerissenen Augen um sich.

Der ohrenbetäubende Feueralarm dröhnte weiter, hatte sich aber mittlerweile zu unaufhörlich aufeinanderfolgenden Signaltönen gewandelt, die eine Leichenhalle hätten aufwecken können.

Direkt vor sich sah er Otto herumwirbeln, in Schussposition gehen und schreien: »Hände hoch! Hände hoch!«

Steven Kent stand Otto gegenüber, eine Hand ausgestreckt mit einer .38er, die er auf Jennifer Lane richtete.

Langsam hob er beide Hände in die Luft. Die Waffe in seiner rechten Hand zeigte nun zur Decke. Seine blaue Krankenhauskleidung, sein Gesicht, die Arme und Hände waren voller Blutspritzer. Er bewegte sich nicht mehr. Er sagte nichts. Er schien zu verstehen, was von einem Mann in seiner Situation erwartet wurde, und er verhielt sich entsprechend.

Als hätte jemand auf die Pause-Taste eines Videorekorders gedrückt, regte sich für einen langen Moment niemand, bis sich dann jeder Akteur in diesem Drama seiner perfekt einstudierten Rolle hingab.

Die Agenten Crane und Bartos hatten den Schützen schnell unter Kontrolle.

Otto bestätigte, dass beide Westons tot waren.

Gaspar ging zu Jennifer Lane, die ins Leere starrte, als hätte die Szene an dem Punkt angehalten, an dem Kent beide Westons zweimal in den Kopf geschossen hatte, auf Natalie Chernow gezielt und vorbeigeschossen hatte und nun die Waffe auf sie richtete.

»Miss Lane«, sagte Gaspar und fasste sie am Ellbogen. »Jennifer? Alles in Ordnung. Sind Sie verletzt?« Sie antwortete nicht. Ihr Gesicht war kreidebleich. Die Atmung war schnell. Die Pupillen geweitet. Die Haut an ihrem Arms war feuchtkalt.

»Kommen Sie hierher«, sagte er, aber der verfluchte Feueralarm dröhnte weiter, und er musste schreien, um sich verständlich zu machen. Er steckte seine Waffe zurück ins Holster und versuchte, sie von dem Blutbad wegzuführen, doch ihr Entsetzen war wie Kleber unter ihren Schuhen. Sie regte sich nicht.

Gaspar schrie: »Jennifer! Jennifer!«

Schließlich wandte sie den Kopf zu ihm um, sah ihn aber nicht. Das merkte er ihr an. Er hielt sie so sanft wie möglich am Ellbogen fest und versuchte erneut, sie wegzuführen. Doch sie rührte sich nicht vom Fleck.

Sie richtete den Blick wieder auf das blutige Chaos, das einmal Samantha Weston gewesen war.

Gaspar versuchte erneut, zu ihr durchzudringen. Er schüttelte sie leicht und schrie, um über den verdammten Feueralarm hinweg gehört zu werden.

»Jennifer! Lassen Sie uns gehen!« Sie bewegte sich nicht.

Dann plötzlich schwieg der Feuermelder. Sein Schweigen war irreal und die nervtötende Stille war wie ein Schalter, der Jenny aus ihrer entsetzten Starre befreite. Bevor er mehr machen konnte, als ihren Fall mit seiner Hand an ihrem Ellbogen zu verlangsamen, wurde sie ohnmächtig und sackte auf dem glänzenden, gewachsten Boden zusammen.

In der unheimlichen Ruhe konnte Gaspar hören, dass Crane die vertrauten Worte wiederholte, die mit einer Festnahme einhergingen, einschließlich der Verlesung der Rechte. Bartos hatte Kents Waffe an sich genommen und forderte über das Handy Verstärkung an.

»Steven, was haben Sie sich dabei gedacht?«, wollte Otto von Kent wissen. »Warum haben Sie das getan?«

Kent sagte nichts, und das – so viel war Kent bewusst – war das Beste, was er unter diesen Umständen tun konnte.

Agent Crane führte Steven Kent zum Ausgang.

KAPITEL 16

Auf Anweisung einer der anderen Agenten hatte Kimball im Aufwachraum gestanden und die Tür blockiert, damit niemand hereinkommen konnte. Sie trat nun zur Seite, damit Crane und Bartos Kent abführen konnten, machte dann die Tür hinter ihnen zu und kam zu Gaspar.

»Lassen Sie uns Jenny ins Wartezimmer bringen. Da können wir reden.«

Gaspar sah, dass Otto das kleine Zeitfenster der Ruhe nutzte, um mit ihrem Smartphone Beweisfotos von dem Tatort zu machen, bevor es in diesem Zimmer von Leuten der Spurensicherung wimmeln würde. Sie würde ihn schon finden, wenn sie fertig war.

Jetzt bemerkte er zum ersten Mal den Zitrusduft, der sich mit dem metallischen Geruch von Blut und Desinfektionsmitteln vermischte.

Als er wieder zu dem blassen Gesicht von Jenny Lane schaute, die mit geschlossenen Augen auf dem gewienerten Boden lag und kaum atmete, wusste Gaspar, warum sie ihm so bekannt vorgekommen war. Sie sah dem Opfer im Fall einer vermissten Person gespenstisch ähnlich. Er hatte dem FBI in Tampa bei dem Fall assistiert und war im Nachlauf in Miami kurz damit beschäftigt gewesen. Die zwei könnten sogar Schwestern gewesen sein. Das Opfer war damals von zu Hause verschwunden und er hatte nie gehört, was mit ihr geschehen war. Aber sie hieß nicht Jennifer Lane.

Er zuckte mit den Schultern. Er hatte schon viele Doppelgänger gesehen. Aber er fühlte sich besser, weil er endlich die Verbindung in seinem Gedächtnis hergestellt hatte.

Kimball nahm Jenny Lanes Sachen von dem Stuhl und half ihm, sie vom Boden hochzuheben. Er konnte sie nicht tragen. Er konnte kaum sein eigenes Gewicht tragen. Aber mit Kimballs Hilfe schafften sie es, Lane auf den Flur zu bringen.

Agent Bartos hielt vor dem Aufwachraum Wache, um den Tatort zu sichern, bis die entsprechenden Teams eintrafen. Auf dem Gang kehrte das normale Geschehen eines ruhigen Krankenhausflures zwischen den Operationen wieder ein, während der Sicherheitsdienst des Krankenhauses die Patienten und das Personal beruhigte. Sobald die Tatortarbeit begann, würde eine andere Art Chaos ausbrechen.

Gaspar und Otto würden sich vorher aus dem Staub machen.

KAPITEL 17

Das Wartezimmer bei den Operationssälen würde heute Nacht zweifellos die Befehlszentrale werden, wenn der Tatort untersucht wurde. Im Moment war es unbenutzt. Gaspar und Kimball geleiteten Lane den Flur entlang.

Willa Carson stand an der Tür und erlaubte ihnen, Jenny hineinzusetzen. Miss Chernow erholte sich ebenfalls in dem Raum.

»Kann ich kurz mit Ihnen reden?«, fragte Kimball Gaspar. Er folgte ihr in eine ruhigere Ecke. »Sie dürfen gar nicht hier sein, oder? Ihre Arbeit ist geheim, stimmt's?«

Er bestätigte nicht und dementierte nicht, aber ihre Beobachtungsgabe hatte sie nicht im Stich gelassen.

»Sie und Otto sollten von hier abhauen, solange es noch geht. Ich bleibe hier und wenn wir etwas Neues erfahren, kann ich es Sie wissen lassen.«

Sie hatte recht. Sie mussten weg. Wenn Otto nicht gleich auftauchte, würden sie hier zu lange festsitzen und zu viele Fragen beantworten müssen und damit ihren Anweisungen zuwiderhandeln. Das würde dem Boss nicht gefallen. Aber wichtiger war noch, dass er vielleicht nicht in der Lage war, sie nachträglich vom Tatort verschwinden zu lassen, wenn erst einmal die offiziellen Berichte geschrieben wurden.

»Was glauben Sie, warum er das getan hat?«, fragte Gaspar.

»Warum Kent beide Westons umgebracht und die gleiche Methode angewandt hat wie der Schütze, der Westons Familie umgebracht hat?«, fragte Kimball zurück. »Oder warum Weston sich als menschliches Opfer angeboten hat, um Reacher umzubringen?«

»Beides, nehme ich an.«

Sie zuckte mit den Schultern. »Wer weiß?«

»Was halten Sie für das Wahrscheinlichste? Das wäre ein Anfang.«

»Der erste Anschlag heute auf Weston war ziemlich eindeutig. Weston war eine Katze mit sieben Leben. Michael Vernon, der arme tote Veteran, der ihn umbringen wollte, muss jemand gewesen sein, den Weston beschissen hat, wie Agent Crane sagte.«

»Klingt einleuchtend.«

»Dann jedoch wird es unübersichtlich. Wie ich erzählt habe, hat Jenny Lane gesagt, Samantha habe die Scheidung eingereicht und angeboten, gegen ihren Mann auszusagen, um so viel wie möglich von ihrem Vermögen zu retten. Wahrscheinlich auch ein Deal, um selbst nicht ins Gefängnis zu wandern.«

»Hat Lane Ihnen irgendwas von dieser Aussage erzählt?«, fragte Gaspar.

»Noch nicht. Die zweite undurchschaubare Sache: Weston erhielt ein Todesurteil, als vor einigen Wochen bei ihm ein fortgeschrittenes kleinzelliges Lungenkarzinom diagnostiziert wurde.« Gaspar wusste von dem Krebs, ließ sie aber reden. Es war fast immer eine gute Idee, die Leute selbst reden zu lassen. »Nicht behandelbar. Seine Uhr war abgelaufen. Wenn er bei Bewusstsein gewesen wäre, als sie ihn heute Nachmittag herbrachten, hätte er diese Operationen wahrscheinlich abgelehnt. Es ist ein Wunder, dass er sie überlebt hat.«

»Welche Theorie haben Sie bezüglich Kent? Warum zum Teufel könnte er das getan haben? Weston war so krank, dass er seinen eigenen Killer einstellte, nur für den Fall, dass Reacher es nicht schaffen sollte, ihn umzubringen.«

»Lungenkrebs ist eine widerliche Art zu sterben«, bemerkte Kimball. »Weston war Soldat. Eine schnelle Kugel in den Kopf war ihm lieber.«

»Und dann findet er heraus, dass seine Frau dabei ist, ihn zu betrügen, also bestellt er zwei Morde zum Preis von einem?«

Kimball nickte. »So weit bin ich auch schon gekommen«, sagte sie, »aber dann ...«

»Welcher Auftragskiller, der etwas auf sich hält, würde seine Arbeit erledigen und sich dann seelenruhig festnehmen lassen?«

Kimball nickte. »Genau. Keine gute Geschäftsidee. Es sei denn, das war Teil des Deals. Denn im Grunde hat der erste Schütze auch genau das gemacht. Er hat das Haus der Westons zwar verlassen, aber er war leicht zu finden.«

»Oder es war schlechtes Timing. Vielleicht dachte Kent, er hätte noch Zeit abzuhauen, und wir kamen zu früh zurück«, seufzte Gaspar. »Egal wie, das führt uns zu nichts, was irgendwie Sinn ergeben könnte.«

»Ich wünschte, das wäre wahr«, sagte Kimball, die den Mund nun verärgert verzogen hatte. »Denn jetzt denke ich gerade, dass ich versagt habe.«

»Wie kommen Sie darauf?«

»Ich hätte mich daran erinnern müssen.«

»An was?«

»Westons erste Frau. Meredith Kent Weston. Sie war die Schwester von Steven Kent.«

Es konnte also beides sein. Rache oder Auftragsmord. Gaspar hatte vor langer Zeit aufgehört, eine Logik in kriminellem Verhalten finden zu wollen. Das Leben war kein Roman. In den meisten Fällen erfuhr er nie den Grund. Es spielte eigentlich auch keine Rolle. So oder so, Weston und seine Frau waren tot.

KAPITEL 18

Der Tampa International Airport musste einer der bequemsten Flughäfen des Landes sein. Die Rückgabe des Mietwagens ging schnell und unkompliziert. Die Schlangen am Security-Check waren kurz. Endlich erreichten sie das Gate einmal, ohne rennen zu müssen.

Gaspar nahm an, dass Otto nichts von all dem begrüßte. Sie hasste es zu fliegen. Das Ganze lief besser ab, wenn sie keine Zeit hatte, es sich vor dem Boarding anders zu überlegen.

Die Sitze in dem Bereich am Gate waren wie üblich schwarz-silberne Schlingensitze. Billigkopien eines zeitgenössischen Designs, von dem die meisten normalen Menschen nie gehört hatten. Alle besetzt von Touristen und Kindern und Alten, die den Sunshine State verließen oder kamen, um Thanksgiving zu feiern oder dem Winterwetter zu entgehen.

Otto wirkte ungewöhnlich besorgt, selbst für ihre Verhältnisse. Sie hatte ihren Laptop aufgeklappt, ihr Handy am Ohr. Sie hatte sich beim Boss gemeldet. Sie arbeitete. Sie arbeitete immer.

Sie war die Nummer eins. Er war Nummer zwei. Es überraschte ihn kaum, als ihm jetzt bewusst wurde, dass es ihm so gefiel.

Gaspar streckte sich, legte die Hände über seinem flachen Bauch zusammen und schloss die Augen. Er hatte etwa dreißig Minuten zum Schlummern. Ein seltenes Geschenk.

Otto rüttelte ihn zehn Minuten später aus seinen süßen Träumen.

»Was?«, fragte er, ohne die Augen zu öffnen.

»Kimball hat mir eine Datei geschickt. Schau dir das mal an«, sagte sie.

Er sah zum Bildschirm ihres Laptops hinüber. Zwei Fotos. Jeweils von einem braunen Umschlag. Einer größer als der andere.

Auf dem größeren stand handgeschrieben und in Blockbuchstaben die Anschrift von Samantha Weston, c/o Jennifer Lane, Anwältin. Abgestempelt vor zehn Tagen in Washington, D.C. Kein Absender. Anscheinend war der kleinere Umschlag in dem größeren gewesen.

Der kleinere Umschlag sah älter und abgegriffener aus. Unter schmierigen Flecken zeichneten sich die Kanten eines Rechteckes ab, das die Größe eines Kartenspiels hatte. Schwarze Buchstaben, die aussahen wie in einem Polizeibericht, waren quer über die Lasche geschrieben worden, um zu zeigen, dass sie nach dem Versiegeln des Umschlags aufgedruckt worden waren:

AUFZEICHNUNG DER AUSSAGE VON THOMAS WESTON
10:04 UHR, 9/1997

Das Siegel des Umschlags war aufgebrochen worden.

Otto scrollte auf dem Bildschirm hoch bis zur E-Mail von Kimball. Die Betreffzeile lautete: *Heute Abend von J. L. erhalten.*

»Kimball sagte«, erklärte Gaspar, »dass Lane angeboten hat, die Beweismittel von Samantha Weston gegen ihren Mann herauszugeben. Das muss es sein.«

Da Otto es bereits bemerkt haben musste, erwähnte er nicht, dass die Schrift auf beiden Umschlägen nach Reachers Handschrift aussah. Sie hatten sie in mehrfach in den alten Akten seiner Fälle gesehen, wo er in gleicher Art in Druckbuchstaben schrieb.

Otto nickte. »Kimball hat eine Audiodatei mit dem Inhalt der Kassette in dem Umschlag angehängt. Ich hab sie mir angehört. Es ist ein volles Geständnis. Eindeutig von Weston. Es ist seine Stimme. Er gibt alles zu, was Reacher damals gesagt hat, wie und warum Westons Familie umgebracht wurde. Und noch ein wenig mehr.«

»Was zum Beispiel?«

»Zwei wichtige Dinge. Er und Samantha hatten zum Zeitpunkt

der Morde eine Affäre. Und Weston wusste, dass die Bande seine Familie umbringen würde. Er hat alles vorbereitet und es dann einfach geschehen lassen. Wie ein Kind, das beschließt, seinen Hund mitten auf der Straße schlafen zu lassen, obwohl es weiß, dass er dann überfahren wird. Er wusste, dass sie sterben würden. Er wusste nur nicht, wann.«

»Du glaubst also, Kent fand all das irgendwie heraus, und deshalb hat sie er heute alle beide umgebracht, als er die Gelegenheit dazu hatte?«, fragte Gaspar.

»Ich brauche gar nichts zu glauben. Ich weiß, dass er es heute herausfand, weil Weston es ihm erzählt hat. Jennifer Lane war dabei.«

»Westons Plan, Reacher zu kriegen, war etwas cleverer, als wir dachten, nehme ich an. Er hatte also einen Plan B, sollte der ›Selbstmord durch Reacher‹ bei der Gedenkfeier nicht klappen.« Gaspar setzte sich auf seinem Stuhl auf und nickte Otto zu, damit sie fortfuhr.

»Weston war erledigt«, sagte sie. »Aber er hatte noch eine letzte Chance. Als sie ihn auf dem Stützpunkt in den Krankenwagen legten, bat er darum, ins Tampa Southern Hospital gebracht zu werden. Und er fragte auch nach Steven Kent. Kent hat mir erzählt, dass er die nötige Sicherheitsfreigabe hatte. Aber wie du sagtest, welche Sicherheitsprüfung sollte er für die Pflege eines ehemaligen Offiziers brauchen?«

»Weston fragte nach Kent, weil er ihn kannte. Das ist gut möglich«, sagte Gaspar.

»Weston brauchte Kent nur aufzuklären und ihn schießen lassen – und sicherstellen, dass Samantha ihn auf seinem Weg begleitete. Er manipulierte Kent, indem er ihm erzählte, was auf dieser aufgezeichneten Aussage zu hören war, und verlangte, dass Jennifer Lane sie abspielte.«

Gaspar war sich nicht sicher, ob das alles wasserdicht war, aber das Meiste davon war plausibel. Und er wollte nicht die nächsten zwanzig Minuten mit ihr streiten. Weston war nicht ihr Fall. War es nie gewesen.

Er schloss wieder die Augen. »Gut zu wissen. Aber ich habe Reachers Beweise gegen Weston nie angezweifelt. Du etwa?«

»Das war allerdings noch nicht der interessanteste Teil«, erwiderte sie.

Er spürte, dass sie einen der Kopfhörer in sein Ohr steckte und die Lautstärke der Aufnahme hochstellte. »Dies ist am Ende der Aufnahme von Westons Geständnis zu hören.«

Zum ersten Mal – entspannt auf dem Flughafen in Tampa, mit geschlossenen Augen, halb schlafend – hörte Gaspar die Stimme von Reacher. Er musste es sein.

Die Stimme war anders, als er erwartet hatte. Zum einen war die Tonlage höher. Tenor, kein Bass. Abgehackte Sprechweise. Ein unauffälliger Akzent aus dem Mittleren Westen der USA. Wenn Gaspar es einem anderen Beamten hätte beschreiben müssen, hätte er gesagt, Reacher klinge nicht so gefährlich, wie er in Wirklichkeit war. Vielleicht kam er deshalb seinen Zielpersonen so nah.

Die Worte sagten jedoch das, was Gaspar vermutet hatte.

Reacher sagte: »Du hast Glück gehabt, Weston. Solltest du dich in deinem elenden Leben jemals wieder daneben benehmen, dann finde ich dich. Und dann wird es dir leid tun. Darauf kannst du dich verlassen.«

Gaspar merkte, wie er unweigerlich die Lippen schürzte, als er sich fragte, ob Kent heute Nachmittag den Abzug dieser .38er überhaupt gedrückt hatte.

DANKSAGUNG

Danke an einige der besten Leser der Welt dafür, dass ihr an unserem Spiel zur Namensfindung für die Nebenfiguren teilgenommen habt: Natalie Chernow, Angie Shaw (Noah Daniel), Dan Chillman (Danimal), Lynette Bartos (Derek Bartos), Teresa Burgess (Trista Blanke). Euer Beitrag hat dieses Buch persönlicher und unterhaltsamer gemacht.

REACHER-REPORT

von Lee Child
2. März 2012

… Die andere große Neuigkeit ist, dass Diane Capri, eine Freundin von mir, ein Buch geschrieben hat, das die Ereignisse aus *Größenwahn* in Margrave, Georgia aufgreift. Sie stellt ein FBI-Team vor, das herausfinden soll, wo sich Reacher heute aufhält. Diese beiden Agenten befragen zunächst Leute, die ihn kannten – angefangen mit Roscoe und Finlay. Werfen Sie mal einen Blick auf diese Rezension:

»Oh, Mann, ja! Ich liebe dieses Buch. Ich bin ein Riesenfan von Reacher. Wenn Sie nicht wissen, wer Jack ist (Wortspiel beabsichtigt!), dann begeben Sie sich in den Buchladen – oder wo immer Sie Ihren Stoff kaufen – und holen Sie sich eines der vielen Jack-Reacher-Bücher von Lee Child. Ach was, holen Sie sich alle. Lesen Sie vor allem *Größenwahn*. Dann kommen Sie zurück und lesen *Wer ist Jack?*. Dieses Buch greift die Geschichte aus der Perspektive von Kim und Gaspar auf – FBI-Agenten, die ein Dossier über Jack Reacher erstellen sollen. Das Problem ist – und das kann jeder, der weiß, wer Reacher ist, bestätigen –, dass er vollkommen unsichtbar lebt. Kein Handy, kein Haus, kein Auto … Er ist ungebunden. Eine ziemlich beängstigende Aufgabe, finden Sie nicht?

Die ersten Zeilen: ›Fakten. Und zwar nicht besonders viele. Das Dossier über Jack Reacher war zu fade und zu dünn, um glaubwürdig zu sein. Kein Mensch konnte so unsichtbar sein, wie Reacher es zu sein schien, egal ob er nun gerade auf- oder abgetaucht war. Entweder die Unterlagen waren gesäubert worden oder Reacher war der unabhängigste Paranoiker, von dem Kim Otto je gehört hatte.‹ Sofort habe ich ein Gefühl dafür, wer Kim Otto ist, und ich bin erfreut, dass ich etwas weiß, was sie nicht weiß. Denn sehen Sie, *ich weiß,* wer Jack ist. Und *ich weiß,* dass er nicht paranoid ist. Nicht wirklich jedenfalls. Ich weiß, warum er so lebt, wie er lebt, und ich weiß, was für eine Art Mann er ist. Es war toll, Kim und Gaspar dies vorauszuhaben. Wenn Sie keinen Reacher-Roman gelesen haben, dann wird dieses Buch für Sie eine gute, solide eigenständige Story sein. Wenn Sie jedoch wissen, wer Jack ist … ja, dann werden Sie auch das Gefühl haben, dem FBI überlegen zu sein. Das ist ein tolles Gefühl!

Kim und Gaspar werden von einem geheimnisvollen Boss nach Margrave geschickt, der mich an Charlie aus *Drei Engel für Charlie* erinnert. Man sieht ihn nie, man hört ihn nur. Er verrät ihnen nie alle Fakten. Also stehen sie da mit einem riesigen Haufen Nichts. Sie werden in einen Mordfall verwickelt, der irgendwie mit Reacher zu tun hat, aber sie wissen nicht wie. Es reicht wohl der Hinweis, dass die Bemühungen, den Mörder – und Reacher – zu finden und dabei nicht selbst Kopf und Kragen zu verlieren, eine unterhaltsame Lektüre abgeben.

Mir gefällt es, wie die Autorin die ganze Story in Angriff genommen hat. Das Tempo ist tödlich (ok, noch ein beabsichtigtes Wortspiel), die Handlung voller überraschender Wendungen, wie es auch ein Reacher-Roman wäre, nur dass es eine ganz andere Sicht auf eine Reacher-Story ist. Es ist eine Annäherung an Reacher von außen nach innen.

Vielleicht fragen Sie sich: Finden sie ihn? Lernen sie den berühmtberüchtigten Jack Reacher letzten Endes kennen?

Los … lesen Sie … finden Sie es heraus … jetzt!«

Klingt toll, oder? Es ist bereits erschienen. Überzeugen Sie sich selbst und lassen Sie mich wissen, was Sie davon halten.

Das wär's für dieses Mal. Danke noch einmal, dass Sie *The Affair* gelesen haben, und ich hoffe, Ihnen wird *A Wanted Man* im September ebenso gefallen.

Lee Child